刑偵三人組 ③

最後上線時間 修訂版

麥曉帆 著

山邊出版社有限公司

偵探檔案

歐陽小倩

年齡：十七歲

性格：內向低調、寬容大度

愛好：閱讀所有名家偵探故事

　　一個不擅言談，相貌平平的中四女生，實則是大名鼎鼎的校園女偵探。擁有極佳的思考判斷能力，推理細緻嚴密，屢破奇案；常常在真相未明之前，可依靠自身敏感而精準的直覺力，獲得破案線索，在靈光一閃間領悟案件真相。

趙婉瑩

年齡：十七歲

性格：外向熱情、脾氣火爆

愛好：所有跟潮流有關的資訊搜集

　　倩倩最好的朋友、同學兼鄰居，擁有模特兒般的身高、明星般的甜美外貌，是個鋒芒畢露的漂亮女生。對潮流有非常敏銳的觸覺，隨時保證自己站在時尚的最前沿，不過，學習成績相當令人絕望。

趙均均

年齡：十五歲半

性格：熱情大膽、行事誇張

愛好：惡作劇、餵養寵物豬

　　趙婉瑩的弟弟，天資聰穎，成績優異，連跳兩級，現與姐姐、倩倩就讀同一班。喜歡誇大其詞，製造各種駭人聽聞的搗蛋事件，是一個讓人頭痛的問題小子。從小喜歡看偵探小說，幻想自己是一個大偵探，自封倩倩的得力助手。

目錄

序幕

灰色小兔的對話記錄：

Skype

灰色小兔

Q 搜尋 Skype

聊天　通話　聯絡人　通知

時間　　　　＋ 聊天

秋天的向日葵

秋天的向日葵

三天前上線　｜ 圖庫

2018年4月3日

秋天的向日葵 想將您新增為Skype聯絡人
11:28 上午

你好嗎？

有人在嗎？

哈囉！

你好嗎？

請問⋯⋯你是誰？

我？忘了介紹，我是火星人，現在要來統治地球，你們人類有十秒時間棄械投降。現在倒數，10⋯⋯9⋯⋯

什麼？

哈哈，開個玩笑，我不是火星人啦（廢話）。

我只是一個和你年紀差不多的女孩子，我在尋找朋友時無意中找到你的名字，所以便把你加為聯絡人了。

嗯，很高興認識你。

啊，我沒有打擾你吧？你不會是正在幹一些很重要的事吧？吃飯？做功課？駕飛船？

沒有啊，我只是在上網。

咦？真的，太巧了，我也在上網呢！（咳）這麼明顯的事實，我為什麼要問你，我真是個呆子。

嘻嘻，你真有趣。

我其實並不有趣，我是個很嚴肅的人，看！😐
<---這是我認真的臉。

哈哈，你真逗！……很高興認識你。

我也很高興你高興認識我，我也希望你會很高興我很高興你很高興認識我，你是嗎？

呃，應該是吧？😄

好了，我不再説俏皮話了。我不會嚇着你吧？對不起啦，我的性格就是這樣古怪的了。

當然不會，我還希望有人能主動和我傾談呢！

那就好。噢，對了，你喜歡什麼樂隊嗎？喜歡看什麼電視劇？經常到哪兒玩？

這個，很對不起，其實我很少聽音樂和看電視劇……

我接受你的道歉！噢，你道歉來幹嗎……那麼你平時喜歡什麼？

我喜歡上網，到處看別人的網絡日記、看看八卦新聞，偶爾也會像現在這樣在Skype上和網友聊天。

哦？別介意我這樣問，你平時都不會出去的嗎？

出去？

我是指，和朋友出去唱唱卡拉OK啦、逛商場啦、看電影啦……

嗯，其實我沒有什麼朋友。

不會吧？為什麼呢？能告訴向日葵姐姐嗎？當然你不想講也沒問題，我們可以改談物理學相對論。

沒關係，我當然能告訴你，我只怕你知道後，會不喜歡我。

怎麼可能？我絕對不會不喜歡你的啊——當然，如果你討厭劉德華，那就是另一回事了，我是他粉絲。

他也是我的偶像呢，不過，我想告訴你的是另一件事。

好吧！好了，我已經正襟危坐，很認真地坐着——請說。

其實我患有社交焦慮症，這就是我交不了朋友的原因。

啊？不會吧，那是什麼病來的？

就是……我會很害怕和別人說話，和別人對話時會非常緊張，一個字也說不出來。

這聽起來不過就是害羞而已嘛，這也算病的話，那我每天都要聽一遍劉德華的歌，這也算強迫症了？

不！是真的。醫生說這是一種叫做什麼「選擇性緘默症」的病症，我和爸爸媽媽談話時就很正常，但當我和學校的同學說話時，就會緊張得啞口無言，說話像堵在喉嚨裏一樣，連我也不知道為什麼。

嗯，我真心希望你的病會儘快好轉。

這個，可能永遠都不會好轉的了，醫生說轉換一下環境、認識一些新朋友可能會有幫助，而這也是我在不久之前轉校的原因。不過可惜我仍然無法克服這一切，在新同學面前完全不敢說話，結果他們都把我當怪物來看待呢，我還知道他們背後說我是個啞巴，我真是太失敗了。

嘿嘿嘿，別這樣說！你都說過這是病嘛，是他們不懂得體諒你而已。

謝謝你，不過我想這是無法改變的了。

不會啊！你現在不就正在和我聊天嗎？在我看來，你顯得再正常不過了。

那是因為我只是在打字。不知道為什麼，雖然我說話時會很緊張，但和人用文字聊天，卻沒有什麼問題。

 這就是了！你並不是不懂得與人相處，而是害怕和人面對面接觸而已，只是個小小的心理障礙。

真的？你真的這樣想嗎？

 當然了。你應該先通過文字來多練習，然後慢慢地發展到直接對話，我相信你一定能逐漸克服的。

我不知道……不知道自己有沒有信心能辦得到。

 不用怕，我來幫你。

你會幫我？

是啊，從現在開始你和我在網上多點用文字聊天，告訴我每天發生的事啦，你對生活中事情的看法啦，然後自己把這些文字通過說話來重複一遍，慢慢地適應講話的感覺，很快，你就會發現，跟其他人談話並不是一件可怕的事了。

那實在是太好了。我真不知道該如何感謝你。

這是什麼話？朋友之間就應該互相幫助嘛。

你……肯和我做朋友？

肯啊，不過如果你不想就算了。

不！我當然想！

哈哈，開玩笑。這下我們是朋友了，當然，前提是你能忍受我的古怪性格。

嘻嘻，我又怎麼會介意呢？

我們一定會成為很好的朋友。

 是啊。

我們一定會的。

第一章　聖誕假期

1

現在是早上十點半。

誰也想不到，聖誕節假期剛過一半，便發生了這麼一件意外。

歐陽家客廳裏的氣氛凝重得可怕，只見歐陽小倩和趙婉瑩一人一邊坐在長長的沙發上，她們都顯得焦慮不安的，不時捶捶胸、跺跺腳，好像在焦急地等待着什麼。

似乎被兩人的心情所影響，牆上掛鐘的滴答聲也變得無精打采起來，越響越慢，慢得差不多要停下來。

「到底還要等多久？」婉瑩這時開口了，「這等待實在太難捱了。」

「唉，都是我的錯，」倩倩則自責地説，「如果不是因為我粗心大意，就不會出事了，這全是我的責任。」

「嘿，別這樣説。」婉瑩安慰道，「這種事誰又會預料得到呢？」

「如果發生了什麼事，我都不知道該怎麼辦……」

就在這個時候，兩人對面的房門突然打開，只見趙均均一臉認真地鑽了出來。

「結果如何？」倩倩搶着問道。

均均歎了一口氣，輕輕搖着頭，説：「很對不起，請節哀順變。」

「啊？」倩倩驚叫着，好像馬上要昏倒了。

看見倩倩悲傷的樣子，均均吐了吐舌頭，連忙改口道：「開玩笑而已，只是開玩笑！一切順利，已經度過危險期了，接下來只要好好休養一段時間，應該就會完全康復的了。」

倩倩聽後，轉憂為喜，但隨即咬牙切齒：「好小子，你耍我！」

「你開啥玩笑啊？」婉瑩用手敲着弟弟的頭，「人家倩倩不知道多擔心。」

「哎呀！」均均捂着頭説，「雖然沒事了，但以後還是該小心一點。幸好有我這麼一個英俊瀟灑天下無敵的電腦神童在，不然你的電腦就肯定沒救了——你知道，你連防毒軟件都沒裝，又隨便下載不明來歷的檔案，當然會中毒啦。」

原來剛才倩倩那麼緊張，是因為她的電腦出問題了。

嗯？你問倩倩是誰？

不會吧，你連倩倩是誰都不知道？你沒有看《刑偵三人組》第一、二集嗎？呃，咳，好吧，我就再介紹一次。

歐陽小倩，或者簡稱倩倩，是一個非常特別的女孩子。在平時，她不過是一個普普通通的中學生，做做功課、看看雜誌、上上網，偶然睡個懶覺，似乎沒有什麼與眾不同的地方。但是，一到晚上，她就會戴上眼罩、穿上披風，變身成為屢破奇案的超級女英雄——無敵神探，替天行道、懲惡懲奸！而她的兩位朋友，婉瑩、均均兩姐弟，也會同時變身成八卦奇俠和搗蛋超人，協助無敵神探伸張正義！

嘻，先開個玩笑而已。其實沒有那麼誇張。

我們的主角歐陽小倩並不會穿上奇怪的衣服滿大街捉拿壞人，但她的確是一個連警方都佩服不已的偵探。就拿幾個月前發生在科學館的遺囑失蹤案來做例子，整整一羣警員都找不到的遺囑，她在喝一杯下午茶的時間內就找了出來，還順便把偷取遺囑的人抓捕歸案。

不過呢，她雖然在破案上很在行，但在其他方面嘛，就不怎麼樣了，甚至連一些基本常識都不懂⋯⋯

「我哪裏連基本常識都不懂了！」倩倩抗議道。

均均於是問倩倩：「好吧，如果一個你不認識的人發電郵給你，還附上了一個不明來歷的可疑檔案。那你應該怎麼辦呢？答案A：刪除它，答案B：不理它，還是答案C：毫不猶豫立即打開它而且順便轉寄給所有認識的朋友？」

「呃……是答案C嗎？」倩倩拿不定主意地回答。

婉瑩和均均兩人對望着，無語。

「給她買防毒軟件？」婉瑩半晌才說。

「最貴的那一種。」均均點了點頭，「好吧，倩倩姐姐，快來看看你電腦裏的檔案是不是都還在吧。」

三個人進入倩倩的房間，來到均均剛剛修好的電腦前。

均均一邊用滑鼠操作着，一邊説：「吶，我替你把操作系統重新安裝了一遍，不過在這之前，我把你的所有檔案都抄到了另一個硬碟分區內，你看，全部都還在。你在暑假旅行時拍的照片啦、你所寫的日記啦、你的音樂和電影檔案啦⋯⋯」

倩倩把他手中的滑鼠接了過來，打開了另一個檔案夾。

「哈，幸好這些資料還在，」她欣慰地説，「如果丟了的話就慘了。」

「這是什麼東西？」婉瑩看着檔案夾裏的文字檔案，忍不住問道。

「這個？」倩倩道，「這是我之前所搜集的口頭報告資料。幸好沒有被病毒刪掉，不然的話之前的功夫就白費了。」

「口頭報告？你是説老師給我們布置的中文科口頭報告作業？哎呀，現在假期才放了一半，用不着這麼早搜集資料吧？」均均説。

「這還算早？」倩倩反問，「我們要做的東西可多呢！不早點準備的話，到時只會在同學和老師面前出醜。」

「唉，口頭報告，」婉瑩則撇着嘴，「不要提這件事好不好，提起它就煩了。」

一說到口頭報告作業，均均和婉瑩兩人立即就唉聲歎氣起來。

2

天上不會掉餡餅，但倒是經常會掉些功課下來。

話說在假期開始的前一天，中四B班的同學們都高興得不得了，紛紛在思索接下來的假期該怎麼過。沒想到在放學鈴即將打響的五分鐘前，親愛的班主任美寶老師卻送了同學們一份「大禮」，以下是案件重演：

「各位同學，假期快要來了，大家高興不高興？」美寶老師説。

「高興！」大家異口同聲地喊道。

「雖然在放假，但大家也要記着定期溫習呢！知不知道？」美寶老師又説。

「知道！」大家應付着説。

「而為了不讓你們閒着，我打算給你們一個小小的任務。」美寶老師又説。

「任務？」大家開始有不詳的預感。

「當然，請放心，我是不會要你們做作業的啦。」美寶老師搖了搖頭。

「太好了。」大家放下了心頭大石。

「但我想你們做一些小小的資料搜集。」美寶老師笑了起來。

「搜集？」大石又飛回來了。

「然後做一些小小的分析。」美寶老師的笑容很燦爛。

「分析？」大家開始知道大事不妙。

「然後在假期後回來為大家做一份口頭報告。」美寶老師的笑容更燦爛了。

「口頭報告？」大家的心情直接跌進谷底。

「而口頭報告的成績會計算在期末總成績裏。」美寶老師發出了致命一擊。

「啊!?」大家終於說不出一句完整的話來了。

事情大概就是這樣了，好好的一個聖誕大假，卻被一份突然出現的功課弄砸。雖說口頭報告的主題不限，只需要用圍繞身邊的現象作話題即可，但這肯定不是半天就可以打發掉的事。這可是個難得的假期啊！婉瑩和均均對

此的策略就是——忘記它，只有倩倩這個認真得過頭的學生，才會一早就去搜集資料。

3

「既然我們都在，那就正好。」倩倩這時説，「我們可以一起來討論討論口頭報告的主題。」

「當然，我想到了一個主題：《論假期作業的合法性》。」均均道。

「我想到了一個更好的：《作業如何毀掉我的聖誕假期》。」婉瑩則説。

「我想還是我來決定主題吧，」倩倩沒好氣地説，「我打算講這個主題：《論互聯網對我們生活的影響》。」

「啊？為什麼要談這個話題？」均均問。

「因為這個主題很有趣啊！」倩倩答道，「大家沒發現嗎？我們的生活似乎越來越離不開互聯網了。我們通過即時通訊軟件來聊天，我們通過Facebook等網站來結識新朋友，又或者通過blog來分享生活點滴，甚至上傳影片、照片等。很難想像，如果生活中突然沒有了互聯網會是怎

麼樣呢！就拿我自己來做例子吧，當電腦壞了後，我就和整個世界脫離了聯繫，彷彿又聾又盲似的，真的讓人很不適應呢。你們能不能提供一些類似的經歷？」

「有啊！」婉瑩感同身受地說，「昨晚我才和均均搶電腦來着，我明明要在網站上競投演唱會門票，但我可惡的弟弟卻顧着和他的『小情人』聊天，害我錯過了競投時間，哼！」

說着，她還狠狠地瞪了均均一眼。

「呃，這很明顯和我所談的主題無關。」倩倩還沒說完，均均便搶過了話柄。

「你還好說，一天到晚下載盜版電視劇，弄得我上網時慢得不得了。」均均仰着頭，「小心海關派飛虎隊來捉你。」

「下載電視劇供個人使用不犯法，你真是個笨蛋。」婉瑩不客氣地說。

「你才是個笨蛋！」均均回嘴道。

「你才是個笨蛋！」

「不！你才是個笨蛋！」

「我才是個笨蛋！」婉瑩這時說。

「不！我才是個笨蛋……」均均話說了一半，「等

等。」

「哈，你自己承認了。」婉瑩指着他。

看見好好的討論變成了不着邊際的鬥嘴，倩倩只能深深地歎口氣。

看來這份口頭報告還是得由她一個人完成了。

為了減輕同學們的工作量，同時也是為了提升合作精神，美寶老師決定讓大家分組來完成口頭報告，每組大約三至四人，選出一人來做組長，而詳細的分工則由組長來決定，例如誰來搜集資料、誰來分析、誰來寫講稿、誰來做演講者……不過，在以前的小組活動中，倩倩都是「一腳踢」，擔當大部分的角色，而婉瑩和均均則總是翹着腿坐在旁邊看。

嘿！這次可不能讓他們兩個得逞！倩倩心想。

「好啦好啦，你們別離題，做點有建樹的提議好不好？現在我們分工：我負責搜集資料，均均負責寫講稿，婉瑩的工作則是當講者……」

「哎，為什麼我要當講者啊，」婉瑩問，「不能由你來當嗎？」

「不，得有另一個人來當講者，」倩倩道，「你知道，演講對我來說並不怎麼在行。」

22

「也對，如果你連演講也像結案陳詞似的，一定悶倒一大片同學。」均均說。

「你在說什麼啦！」倩倩說，「無論如何，我希望由婉瑩來當講者。」

「姐姐她嘛，不太適合當講者，當港女還差不多。」均均又道。

「啊！你……」婉瑩連忙喊道。

「不是嗎？你走到台上去後，肯定會東拉西扯，一會兒談八卦娛樂新聞、一會兒談潮流時裝，半天都說不到主題上去。」均均說着拍拍胸口，「說到講者的話，這個神聖的任務當然是應該由我來擔……」

「不能！！」婉瑩和倩倩異口同聲地大叫。

雖然讓婉瑩來當講者的話似乎不太可靠，但由均均來當講者卻是萬萬不能！為什麼？如果你了解趙均均這個人的話，你就會知道他的存在是整個地球……啊！不，是整個宇宙的不幸。整天喜歡搗蛋就算了，他還不甘於用普通的方式來搗蛋：人家只是放放紙飛機，他就放自帶網球發射器的遙控直升機；人家不過在牆上亂塗亂畫，他就在牆壁上印上全版趙婉瑩徵婚啟示（附照片）；人家僅僅用假蛇假老鼠來嚇人，他就用像真度極高的定時炸彈；人家最

多把別人的手提電話鈴聲調到最大，他就把自己的尖叫聲錄進別人的電話做鈴聲然後調到最大再更改密碼讓人連關也關不掉……大約就是這樣。所以，為了全宇宙的未來，咳，絕不能讓均均有機會「大展所長」。

讓均均上台做口頭報告？很快他就要到警局做口頭報告了。

「好吧，現在我不太善於發言，婉瑩她更適合做娛樂新聞報道員，而均均則屬於第一類危險物品，這下找誰來當講者？」倩倩說着，似乎突然想到了什麼似的，「咦？差點忘了，我們還有第四個組員呢，或者……」

「你說那個陳諾行？」婉瑩搶白道，「你是在開玩笑吧？她又怎麼可能上台演講呢？」

4

倩倩口中的第四位組員，正是班裏一個叫做陳諾行的女孩子。

從外表上看，陳諾行和其他女學生並沒有什麼分別，但是，在性格上卻是差天共地呢。

該怎麼說呢？應該說，陳諾行是一個不喜歡說話的

人。有多不喜歡説話？從開學至今，她所説過的話不超過十句，不過，就算她真的説話時，也僅僅使用「嗯」、「是的」、「不是」等字詞，幾乎從沒説上過一句完整的句子。

當她轉校到秋之楓中學時，美寶老師曾經跟同學們解釋過陳諾行不説話的原因——她患有一種叫做「選擇性緘默症」的心理疾病，這種病會讓人有話也説不出來，難以和陌生人溝通，也無法正常表達自己的感受。

美寶老師叫同學們多點照顧和體諒她。有些同學也的確這樣做了，不過呢，似乎並沒有什麼作用。

「我真的不知道該怎麼和她溝通呢！」婉瑩説，「和她説話，她不但只回答你一兩個字，而且眼神躲躲閃閃的，不是望天花板，就是望向窗外，好像當你這個人不存在似的。你想讓她上台做口頭報告？嘿！祝你好運了。」

「但畢竟她是我們小組的其中一個組員啊，沒理由完全不理會她吧？」倩倩托着下巴説。

「如果連話也説不上一句，她又幫得上什麼忙呢？」均均提醒道，「這樣説似乎不太好，但我想你還是當她不存在吧。畢竟，又不是我們要她加入我們的小組的。」

是啊，説起來，陳諾行之所以會加入倩倩的小組，完

全是美寶老師的要求。

　　當天美寶老師宣布要做口頭報告後，同學們便在一片怨聲載道下各自分成了十幾個小組。當然，沒有人主動叫陳諾行加入，而她也只是獨自坐在自己的座位上，沒有主動加入任何小組的意思。

　　「這可不行呢！這可是小組活動啊。」當時美寶老師得知這個情況後，便向大家宣布道，「有同學能讓陳諾行加入嗎？」

　　當然了，在場沒有人舉起手來。他們也不是討厭陳諾行啦，但是讓一個根本連話也說不了的人加入，這不是自討苦吃嗎？

　　看見沒有人回應，美寶

老師只好苦笑道：「沒有人肯挺身而出嗎？那我只好自作主張啦！歐陽小倩，你那一組只有三個人，可以幫幫忙，讓陳諾行加入你的小組嗎？」

當時被問到的倩倩望望自己的組員，只見婉瑩和均均又是搖頭又是擺手的，明顯不想陳諾行加入；但當倩倩望向美寶老師，看見她那既帶有堅持、又帶點無可奈何的表情，便心軟了。

「都是你啦，」這時婉瑩又埋怨道，「如果當時你拒絕不就萬事大吉了嗎？」

「人家畢竟是我們的同學嘛，」倩倩說，「你不喜歡她嗎？」

「那你又喜歡她嗎？」沒想到婉瑩反問道。

「呃。」倩倩被她這樣一問，便無語了。

倩倩並不討厭陳諾行，但也說不上喜歡，說得直接一點，對於倩倩來說，陳諾行不過是一個和她同班的、有點古怪的女孩子而已。倩倩並不會像一些同學一樣有意欺負陳諾行，但就和班裏所有同學一樣，沒有必要的話，倩倩也不會刻意接近她。老實說，如果真要問倩倩的話，她也不想一個連溝通都有問題的人加入自己的小組呢。不過現在⋯⋯

「好吧，那我們就不談她了。」倩倩歎了一口氣，「不過，我們還未定好講者的人選！我們還有很多東西要做呢！」

「哎呀！」只見均均突然誇張地喊了起來，又急急向大門走去，「遲點再算吧。現在我必須回家了，我，呃⋯⋯要追看動畫片。」

「哎呀！我也忘了⋯⋯忘了要看韓劇！」只見婉瑩也站了起來，跟在均均後面。

「你們別想跑！」倩倩立即起身抓住兩人，「我們要做口頭報告⋯⋯」

正在「扭打」期間，突然響起了門鈴聲。

「咦？這會是誰呢？」倩倩一臉疑惑，連忙上前把大門打開。

讓三人都感到非常意外的是，站在門外鐵閘後的，正是陳諾行。

第二章　消失無蹤的朋友

1

真想不到，一説曹操，曹操就到了。

只見陳諾行靦腆地站在門外的走廊上，眼睛望着地面。

之前已經説過，除了不愛説話之外，陳諾行和其他女孩子並沒有什麼不同的地方；此刻，只見她穿着紫色的長袖套衫和藍色牛仔裙，脖子上還圍了一條漂亮的長圍巾，和她的一頭黑色的短髮非常合襯。

這一刻，倩倩突然意識到，陳諾行和他們其實真的沒有什麼分別。

呆了半天，倩倩終於説：「是諾行你啊？你……你怎麼會在這兒？」

陳諾行並沒有抬起眼睛，只是輕輕地搖了搖頭。

倩倩馬上把鐵閘打開，讓她走進屋裏來。

陳諾行剛進屋子，便逕直走到沙發上坐下，一副心事

重重的樣子。三人坐到她的旁邊，等了好半天，陳諾行卻仍是一句話也沒有說。

看見這個情況，倩倩只好頻頻向她發問。

「你來找我們有什麼事嗎？你怎麼會知道我的地址呢？你是不是來和我們討論口頭報告？」

好幾次，陳諾行似乎鼓起勇氣想回答，張開的嘴巴卻發不出一個音節來，於是只好又低下頭去了。

倩倩、均均和婉瑩三人對望着，一時之間也不知道該怎麼辦。

不過，陳諾行肯定不是來和他們談功課上的問題的，雖然她沒有說話，但從她那苦惱、擔心的表情來看，她肯定正被什麼事弄得心神不寧，自己又沒有辦法解決，所以才會大老遠跑來找倩倩。

但到底是什麼事，陳諾行又說不出來。

「啊！有了。」倩倩突然想起了什麼，連忙跑到房間裏。半分鐘後，她找來了一支筆和幾張紙。

倩倩以前曾經無意中瀏覽過一些和「選擇性緘默症」有關的資料，有這種病的病人，在很多情況下都無法說話，但是，他們其他方面的表達能力都是正常的，例如寫字就沒有任何問題。

　　陳諾行看見倩倩手上的東西，表情立即舒展開來，接過紙和筆，便「刷刷」地迅速書寫着，然後把寫好的字遞到三人的面前。

　　她所寫的東西讓三人驚訝不已。

　　「我的朋友已經失蹤好幾天了。」這就是她所寫的話。

2

　　這句話可把三個人嚇得不輕。

　　但是，當倩倩向陳諾行問及詳細的情況後，大家才知

道，原來這位朋友，其實是指一個和陳諾行非常親近的網友。而這個人的「失蹤」，原來就是指她已經好幾天沒有上線了。

「好吧，這有什麼呢？我有時候也會幾天不上線的啊。」婉瑩評論道。

只見陳諾行用力搖着頭，用筆寫道：「不，她每天都一定會上線的。」

「又或者她全家出外旅行了吧，沒什麼大不了的。」均均則道。

陳諾行又寫：「如果是這樣的話，她也一定會告訴我。」

「老實説，」這時，婉瑩的語氣已經有點兒不耐煩了，「關於你那位朋友為什麼不上線，我隨便都能想到一百個理由。我不明白，一個網友沒有上線，為什麼會讓你如此擔心，你的反應會不會太大了點？」

陳諾行的樣子看起來快要哭了，只見她歪歪斜斜地寫道：「不，我知道事情沒有那麼簡單！」

婉瑩似乎還想説什麼，卻被倩倩伸手阻止了。

「你和這位網友，是非常要好的朋友？」倩倩認真地問。

陳諾行點了點頭。

「那你是怎麼認識她的？能詳細告訴我們一遍嗎？」倩倩接着問。

於是陳諾行便換了另一張紙，飛快地寫起來……

原來整件事情是這樣的。

無論是轉校之前還是之後，由於陳諾行的性格問題，她一直以來都沒有什麼談得攏的朋友，因此每天放學之後和放假的時候，陳諾行都會躲在家裏上網，而不會像其他同年齡的人一樣，和朋友一起逛街、唱卡拉OK、看電影。時間久了，陳諾行就開始沉迷於網絡之中，每天都花大量的時間上網看趣聞、看blog、玩網絡遊戲、發表留言等，和現實世界的接觸越來越少。

偶然，陳諾行也會以「灰色小兔」這個網名，和一些網友聊聊天、打打招呼、互相問候一下，但她自己也知道，這些人和她都只不過是泛泛之交，從來都沒有真正的感情交流，也就根本不可能成為真正的朋友。

但是，大約在三個月前，一位叫做「秋天的向日葵」的網友，卻突然之間闖進了她的生活之中。

「秋天的向日葵」是一個和陳諾行年紀差不多的女孩子，她的性格活潑開朗、態度積極，而且言談風趣幽默，

很快便取得了陳諾行的好感。巧合的是，她們都擁有相似的興趣：陳諾行喜歡洋娃娃，她也喜歡；陳諾行喜歡吃巧克力，她也喜歡；陳諾行希望去有雪景的地方旅行，她也有同樣的想法。更重要的是，當她獲知陳諾行患有輕微的社交焦慮症時，並沒有嫌棄，而是不斷關心她、鼓勵她，給她信心，努力帶她走出心理陰影。

於是，她們很快就成為了無話不談的好朋友。

無論陳諾行生活中遇上什麼苦惱的事，都會告訴這位「向日葵」聽，無論陳諾行遇上了什麼值得高興的事，也會跟她講；她們還交換了Facebook和blog等網站的網址，每時每刻關注着對方的一舉一動，什麼時候到了哪兒玩啦、什麼時候買了什麼裝飾品啦、今天早上吃了什麼早餐啦，都會互相分享。可以說，對於「向日葵」日常生活中所發生的事，陳諾行都知道得一清二楚。

在短短的兩個月裏，這位名叫「向日葵」的網友，竟成為了陳諾行的生命中，除了父母之外最重要的人。

把自己的感情寄托在一個素未謀面的人身上，聽來似乎很奇怪，但對於陳諾行來說，這又有什麼關係呢？一個真正了解和關愛自己的網友，比那些雖然每天見面，卻對自己避之則吉的同學，不是要好得多嗎？

她倆的關係就一直維持着，但在幾天之前，事情卻突然發生了變化。

　　毫無徵兆的，「秋天的向日葵」失蹤了。

　　「秋天的向日葵」在Skype上顯示的最後上線時間為三天前，沒有留下任何訊息，沒有更新任何狀態。如果僅僅是這樣的話，陳諾行或許也不會如此擔心，但當她打算查看「向日葵」的blog，卻驚訝地發現，她的blog已經沒有任何資料，完完全全被刪除了。陳諾行連忙查看「向日葵」的Facebook、微博等網站，結果也是一樣——和「秋天的向日葵」有關的資料，都突然同時從網絡上消失了！

　　或許只是網站故障吧，陳諾行不斷安慰自己道。但她深知這是不可能的，這麼多個網站不可能同時丟失資料，更何況，這裏面就只有「向日葵」的資料被刪除了。難道是她自己做的嗎？陳諾行心想，是不是「向日葵」她把和自己有關的網站戶口都一起清除了？看起來似乎是這樣。但是，她又為什麼要這樣做？你能想像一個人昨天還在blog上談論自己喜歡的明星，第二天早上便把blog裏的所有資料統統刪去嗎？這也太不合邏輯了！

　　她一定是出了什麼事！這就是陳諾行的想法。

　　但是，她又該怎麼辦？雖然她和「向日葵」一直以來都親密無間，但她根本就沒有對方的地址、對方的電話、對方的真實姓名，甚至連她長什麼樣子都不知道。即使陳諾行想找她，想確認她的安全，又該從何找起呢？

　　於是，她唯一能做的事情，就是等待、等待。期望過一會兒，「向日葵」說不定就會突然上線，大笑着向她解釋，自己是如何糊塗的、不小心的刪除了自己的blog，然後網絡又突然壞掉，結果讓自己的朋友擔心了一段時間……

　　但可惜最後還是失望了。

　　「秋天的向日葵」似乎在無聲無息之間，消失在無邊無際的網絡之中。

　　就在絕望的時候，陳諾行想到了倩倩。

　　儘管從來沒和她說過話，但陳諾行知道這位同班同學是一位有名的偵探。或許她能幫自己找到「向日葵」的蹤影？或許她能找出「向日葵」消失的原因？

　　在她最好的朋友消失三天後，陳諾行終於鼓起勇氣，通過Skype向美寶老師要了倩倩的地址。

　　於是，最後她便來到了這兒。

3

看了陳諾行所寫的話後，倩倩他們都不禁沉默了。

不約而同的，他們三人其實都在思考着同一個可能性，而他們都不知道該不該把這個可能性告訴陳諾行，因為這肯定會傷透她的心。

「諾行，」倩倩終於說話了，「你認為你的朋友出了事嗎？」

陳諾行用力地點了點頭。

倩倩頓了一頓，才下定決心說了下去：「你有沒有想過這個可能性，或許……或許她只是不想再和你聯絡下去？你知道，有時在網絡上認識了網友，一開始你們很合得來，但隨着深入了解，有時候就不那麼想當朋友了。或者，『秋天的向日葵』她只是突然覺得累了……」

出乎倩倩的意料之外，陳諾行立即就寫道：「當然，我也想過這些可能性，說不定她已經厭倦了和我當朋友呢！但是，萬一她真的出了事呢？就算她想和我絕交，也沒必要把和自己有關的一切網站都刪除吧？我總是覺得，這件事並沒有那麼簡單。在這一刻，我只是想確認她的安危，假設當我找到她時，知道沒任何事發生在她的身上，

38

知道她不過是厭倦了我，我想我也會理解的。」

陳諾行的豁達讓倩倩佩服不已。

「嗯，我也覺得這件事的確有點兒蹊蹺，」倩倩用手托着下巴，思索道，「如果只是沒有上線的話，還可以解釋得了，但連她所有網站戶口也被清除，這就不太尋常了。這些Facebook、blog、微博等資料，都是網民在互聯網上的一個身分，雖然是虛擬的東西，但這個身分也是存在着價值的；放棄那些資料，就等於放棄自己的身分，她為什麼要這樣做呢？我想，肯定有些事情發生在她的身上。」

陳諾行望着倩倩點了點頭，表示同意。

接着她寫道：「所以，你能幫我把她找出來嗎？求求你了！」

倩倩想了一會兒。

「好吧！我不知道能不能成功。」她說，「但我會試試的。」

陳諾行聽後，高興得從沙發上跳了起來，百般感激地摟着倩倩。

這一刻，倩倩又再一次意識到，陳諾行其實就是個普通的女孩，一樣有着豐富的情感，一樣也有着熱情的一

面；但僅僅是因為患有輕微的心理疾病，就被別人誤會、被別人歧視、被別人冷落。這對她來說，實在很不公平。

如果，同學們一早就懂得通過書寫來打破這層隔膜，主動用這種方式來跟陳諾行溝通，她就不會那麼孤單了吧。

在接受了陳諾行的謝意後，倩倩嚴肅地對她說：「要把她找出來，並不是一件容易的事。我們這是在大海撈針，結果很可能會失敗，又或者找錯了人。你必須先有這個心理準備。」

陳諾行又用力點了點頭，表示理解。

「呃，倩倩姐姐，不要怪我打擊士氣。」均均這時說，「沒有真實名字、沒有地址、連對方長什麼樣都不知道，要在這種情況下找一個人，不太可能吧？」

「嘿，你是不是忘了？」婉瑩連忙瞪着她，「這種情況在之前不是發生過一次嗎？倩倩曾經在幾年前，通過MSN上的隻字片語，找出了一個網友的身分，並救了她一命呢！你當時不也在場嗎？」

「成功了一次，不代表能成功第二次嘛。」均均還是不相信。

「啊，好，敢不敢打賭一下。」婉瑩挑戰似的對他

說，「我打賭倩倩肯定能在一小時內把『秋天的向日葵』的身分找出來！如果超過一個小時，就當你贏。」

「輸了的人又怎麼樣？」

「負責清潔一個月洗手間。」

「我提議三個月！」均均擺出一副必勝無疑的樣子來。

「成交！」婉瑩也不甘示弱地喊道。

只見旁邊的倩倩和陳諾行看得目瞪口呆。

「算了，不要理他們。」倩倩對陳諾行說，「要把你的朋友找出來，你的回憶就是關鍵，你一定要盡量回憶你和她所談過的話，讓我可以找出蛛絲馬跡。」

陳諾行笑着點了點頭。

4

「好吧，我首先想知道，『秋天的向日葵』有沒有向你透露過她住在哪個地區？」倩倩問道。

「沒有。」陳諾行寫道，「很可惜，我只能肯定她住在香港。她曾提及過自己放假時到哪個地方逛街啦、周末時到哪個地方遊覽啦，但就是沒提過自己在哪兒居住。」

「那麼學校呢？她有提過自己的學校在哪兒嗎？」婉瑩問道。

陳諾行苦惱地搖着頭，寫道：「也沒有，事實上，我曾問過她這個問題，但她説自己的學校很普通，不值一提，並沒有告訴我。」

眾人沉默了起來，這可不是一個好的開始。可參考的資料實在是太少了。

「啊！」這時陳諾行似乎想到了什麼似的，突然叫道——這是她來到倩倩家後，所喊出口的第一個字。

只見她立即寫啊寫。

「在兩個星期前，」她寫道，「當時我們正漫無邊際地聊天，突然她説自己聊得太興奮了，完全忘了和一羣朋友有約，所以要立即離開。我擔心她會遲到，於是便問她趕不趕得及，然後她便回答我，不要緊的，她約了朋友在旺角地鐵站等，不過十分鐘的車程，很快就能趕到了。」

「這就是説，她的家和旺角地鐵站只有十分鐘車程。」倩倩説着，立即跑到自己的房間裏，找出一份香港地圖，還順便拿了一個圓規。

只見她用圓規在地圖上畫了一個大圓圈。

「旺角是一個人多車多的地區，無論她乘搭的士還是

42

巴士，也要經過無數的行人道和紅綠燈才能到達目的地，因此如果僅需十分鐘車程的話，我想，她的家肯定不會超過以旺角地鐵站為圓心的五公里範圍之內。」

「範圍總算縮小了不少。」婉瑩説。

「這範圍仍然大得可以，想在這個範圍內找一個人，談何容易呢？」均均這傢伙又潑冷水了，接着他又補充道，「婉瑩姐姐，你鐵定要洗廁所了。」

「你閉嘴。」婉瑩回敬道，「離一小時還遠着呢。」

「『向日葵』提及過到其他地方去嗎？」倩倩問陳諾行。

只見陳諾行無奈地搖了搖頭。

但她眼珠一轉，又寫道：「我記起來了，她曾説過，自己最喜歡到家附近一間叫做『美味閣』的食店吃東西，她説那裏的意粉非常美味哩！不過這可能幫助不大吧，因為『美味閣』在香港有超過十多家分店呢。」

「這當然有幫助！」倩倩高興地説，「婉瑩，你立即查查『美味閣』的分店位置，看看有多少間分店位於旺角地鐵站五公里範圍之內。」

只見婉瑩這個潮流萬事通立刻打開自己的手提電話，打開一個美食評價網站，輸入了食店的名字後，便得到了

結果。

「只有五間分店位於範圍之內，」婉瑩報告道，「她的家肯定就在其中一間附近。哈，範圍又縮小了！」

她這後一句話是對均均說的。

均均則只是向她做了一個大鬼臉。

「還有其他地方嗎？」倩倩又問陳諾行道。

陳諾行這次想了好久，仔細地在回憶中搜索任何有用的對話……但最後還是歎了一口氣。她實在想不到了。

不過陳諾行還是拿起筆，寫道：「我唯一能想到的是，她提到自己在測驗前會到家附近的圖書館溫習。」

「這對我們的搜尋有任何幫助嗎？」倩倩問婉瑩道。

婉瑩查了查手提電話，最後失望地說：「我們之前所得出的五個範圍，附近都有公共圖書館，所以這並沒有什麼參考價值。」

難道到此為止了嗎？

「對了。」陳諾行這時又寫道，「我怎麼會把這個忘記呢？『向日葵』她曾經埋怨過，她家附近的圖書館並沒有設自修室，所以只能在閱覽室內溫習，真的很不方便。」

「婉瑩！哪一間圖書館沒有設自修室？」

婉瑩看了看手提電話。

「太可惜了，那五間圖書館都沒有自修室。」她說。

「唉。」倩倩歎息道。

「嘿嘿，我只是在開玩笑，」沒想到婉瑩笑道，「在這五間圖書館裏，沒有設立自修室的，就僅僅有一間而已。」

說着，她伸手在地圖上把那間圖書館指出來。

「太好了！」倩倩高興地說，「在這間圖書館附近，只有一個大型的住宅區，分別有三座私人樓和五座公屋大廈。」

這時陳諾行笑着拿起了筆。

「她只可能住在那三座私人樓中，因為我曾聽過她說他的家人要交昂貴的管理費，而公屋住戶的管理費，是已經包括在租金之中的。」她寫道。

「搜索範圍已經縮小至三棟大廈之內了。」婉瑩望着均均，滿臉的得意。

「三棟大廈加起來，差不多有一千個住戶呢！」均均說。

「一定還有其他方法能找出她的確切位置。」倩倩搔着頭，努力地思考着，「『向日葵』她家的窗外，有沒有

什麼有特色的景物？她有提及過嗎？」

聽到這兒，陳諾行醒覺似地拍了拍頭，然後又寫道：「有一天，我曾問她最喜歡什麼景色，她回答我說，她最喜歡就是看海——每當空閒時，她就會坐在窗邊，看窗外遠方滔滔的白浪。這說明，從她家的窗看出去，可以看見海景。」

倩倩拿起地圖仔細地看着。

「在這三棟大樓裏，只有一棟面向海傍，其他的都只能看見山景。」她說，「好啦，現在範圍已經集中在一棟大樓裏了。」

「但接下來呢？」均均問道。

是啊，接下來又怎麼樣呢？他們總不能跑遍整棟大廈，逐家逐戶地敲門，問有沒有人的網名是「秋天的向日葵」吧？

「對了，」陳諾行飛快地寫着，「我經常會聽見『向日葵』向我抱怨，說她樓上的住戶很沒有公德心，經常把音響的聲音開得非常大，聽得高興時還會『隨歌起舞』，發出重重的蹦跳聲，吵得她根本沒辦法集中精神溫習，這也是她偶然要到圖書館的閱覽室去的原因。請問這有幫助嗎？」

「這就是說，」婉瑩想了想，「只要我們找出那個沒有公德心的人的住址，也就知道『向日葵』住在哪兒了！可是我們應該怎麼找？」

只見倩倩響指一彈，立即打開電腦，搜索了一會兒後，便找到了那座大廈的大堂管理處電話號碼。

接着，倩倩打開電腦裏的音樂播放程式，選了一首舞曲，然後把音量調大。

「你到底想幹什麼呢？」婉瑩一臉奇怪地問。

倩倩神秘地笑了笑，拿起自己的手提電話，二話不說便撥了那個電話號碼，並示意大夥兒千萬不要出聲。

電話沒幾秒便接通了。

「喂？大堂管理處。」一把懶洋洋的男聲從話筒裏傳了出來。

「是管理員嗎？」只聽見倩倩裝出不高興的語氣，大聲喊道，「我要投訴！那一個單位的住戶又在開跳舞派對了！音樂聲吵死人了，你快點上去拍門警告他一下吧！」

「啊？又來了？」電話對面的管理員頓了一頓，便又問道，「等等，你是不是說十九樓F室那戶人家？我要先弄清楚，我不想警告錯人。」

「是啊！」倩倩一邊說，一邊用紙把單位的地址記了

下來。

　　「好！我立即上去警告他，這種事在這個星期已經發生第三次了！」管理員說着，便打算把電話掛斷。

　　這時倩倩連忙把電腦喇叭的音量調小。

　　「咦？等一等。」她對電話對面的管理員說，「我想不用麻煩你啦，音樂聲剛剛停了，可能他自己也意識到吵着別人了吧。你不用上去了，無論如何，謝謝你啦。再見。」

　　「哦，那就好了。」只聽見管理員寬慰地回答道，明顯鬆了一口氣的樣子，他其實也不想老遠跑上去吧。

　　當倩倩把電話掛掉後，勝利地揚了揚手上的地址。

　　如果估計沒錯的話，「秋天的向日葵」就住在那棟大廈的十八樓F室。

　　從毫無頭緒，到找出目標的詳細地址，這一切都只不過花了二十分鐘。恐怕沒有人能想到，僅憑陳諾行所提供的那些東拼西湊的資料，竟然可以準確地推算出一個人的所在地吧，更何況是在這麼短的時間內完成的。

　　「我們真的成功了？」這刻，就連婉瑩也感到有點兒難以置信，「這就是那位『秋天的向日葵』的地址？」

　　「只有一個方法才能確認。」倩倩說，「就是親自去

這個地址找她。」

5

就在半個小時後，倩倩一行人已經來到了那個單位的大門前。

陳諾行一臉猶豫不決，良久，都不敢按門鈴。

倩倩、均均和婉瑩三人此刻都只是等候在一旁，並沒有催促她的意思。畢竟，這是陳諾行她自己的事，如果她站了一會兒後，還是決定轉身走開，永遠不去了解真相，也是無可厚非的。

不過，陳諾行最後還是鼓足了勇氣，深呼吸一口氣後，便走上前去，伸手輕輕地按下了門旁的門鈴。

接下來的等待讓陳諾行緊張得快要窒息了。「向日葵」真的住在這兒嗎？她會把自己認出來嗎？看見自己來找她，她會不會不高興？還是她已經出了什麼意外？……陳諾行不斷胡思亂想着。

剛開始的時候，屋子裏什麼動靜都沒有，似乎空無一人。但很快，便聽到了急促的腳步聲。

「來了！」同時傳來的還有一把女孩子的聲音。

是她嗎？陳諾行心想。難道真的是她？

緊接着，大門便被迅速打開，一張年輕的、女孩子的臉出現在面前。這個女孩長得非常漂亮，一頭長長的黑髮在腦後紮成馬尾，她身材高挑，穿着樸實而得體的黑色T恤和牛仔褲，明顯屬於那種陽光女生。不知道為什麼，倩倩覺得她看上去，完全符合陳諾行口中「向日葵」的性格。

但是，她就是「秋天的向日葵」嗎？

就在門打開的一剎那，兩個女孩的目光碰上了。

只見兩人看見對方的樣子後，表情同時由迷惑轉變成詫異。最後，完全出乎倩倩他們三人的意料之外，那個女孩竟然叫出了陳諾行的名字。

「陳諾行？」她邊說邊把眼睛瞇起來，「原來是你啊？自從你轉學後，我們便沒有再見過面了，你……來找我有什麼事嗎？」

真讓人萬萬想不到。

陳諾行認識一個名叫「秋天的向日葵」的網友，而倩倩通過推理把這個網友的住址找出來，而當他們來到這個住址時，那個應門的女孩竟然認識陳諾行，而且還曾是她的同校同學？

這到底是怎麼一回事呢？

陳諾行驚訝地望着女孩。

「你⋯⋯原來你就是『秋天的向日葵』？」只聽見一直都不善言語的陳諾行，在這刻竟然説出了一句完整的話來。

聽見陳諾行的問題後，女孩露出了無比疑惑的表情。她似乎完全不知道對方的話是什麼意思。

難道，她並不是「向日葵」？

但如果是這樣的話，倩倩在之前所作出的推理，又是怎麼一回事呢？

第三章　一件被遺忘的案件

1

　　那個女孩的名字叫做倪佩欣。在陳諾行轉校之前，她們曾一起就讀於培進中學的中三A班。不過，她們兩人當時也並不是什麼要好的朋友，可以說連一句話都沒有交談過。

　　「不！我並不是這位『秋天的向日葵』。」

　　聽過倩倩她們長篇大論的解釋後，倪佩欣搖着頭說。

　　「我喜歡上網，當然我也會上Skype，通過Facebook結交朋友和在自己的blog上寫日記。」佩欣補充道，「但我從沒以『秋天的向日葵』這個網名，和一位叫做『灰色小兔』的網友交談過，請相信我。」

　　倪佩欣的話非常誠懇，要麼她的演技高超，要麼她的話的確是真的──也就是，她並不是那個和陳諾行成為了知己，然後突然失蹤的「向日葵」。

　　但通過陳諾行回憶中的所有細節，倩倩卻推測出「向

日葵」就住在這個地址，這又如何解釋呢？通過倪佩欣家中的窗戶，的確可以看見大海；而且沒錯，佩欣說她樓上的住戶經常製造噪音，讓她不得安寧；同時她的確經常去一家叫做『美味閣』的食店吃東西；還有，她也的確會去那間沒有自修室的圖書館溫習……

這一切一切都表明倪佩欣就是那位「秋天的向日葵」，但她本人卻否認了。

或許她是在說謊？倩倩想。但她有這樣做的必要嗎？

這一刻，陳諾行望着面前的倪佩欣，欲言又止。

只見倪佩欣把手輕輕地搭在她的肩膀上，說：「對不起，我真的不是那位網友。老實說，我也不知道這一切到底是怎麼回事，但你們肯定是弄錯了。」

「但你和那位『向日葵』的生活細節非常吻合呢。」婉瑩說，「你們都去同一間食店、去同一間圖書館，也同樣住在一個沒有公德心的住戶附近，如果說這都是巧合，也真是太巧了點吧。」

「我也不明白。」倪佩欣說，「除非……」

說着，倪佩欣連忙打開自己的電腦，來到一個網站，利索地輸入了密碼，成功登入進去。只見那正是她的個人網絡日記。

「這是學校的內部blog系統，剛剛在學期初時建立的，本意是讓各位同學互相交流學習心得，不過，大家都只會用它來交流生活趣事。」佩欣一邊說一邊瀏覽着自己的文章，「當然我也經常會在上面記錄一些生活中的經歷，你們看！」

倩倩他們連忙湊上去看，只見其中一篇日記的標題是：「美味閣」小食評。打開後，內容詳細地記錄了佩欣對這間食店的評價。

而另一篇日記，則記錄了她自己在圖書館溫習的經過，還不忘抱怨那兒缺乏自修室設施；還有一篇名叫《看海》的日記，則說明了當她遇上煩惱時，窗外無邊無際的大海如何讓她豁然開朗。

至於有一篇日記標題名為：《一個沒有公德心的鄰居》。相信不用看內文，也肯定知道佩欣是在埋怨什麼事情了吧……

「這和『向日葵』的話全都對得上號，」倪佩欣說，「無論任何人，只要看過我的日記，都可以把這些事情當作是自己的經歷，然後告訴你呢！」

佩欣的話剛說完，倩倩便靈機一動。

「這些日記的內容每個人都能看得見嗎？」她連忙問

道。

「不，」佩欣回答道，「這是培進中學的校內系統，必需登入網站後，才能看見其他人所寫的東西。而帳戶和密碼，只有在學校就讀的同學才有。」

「你剛才說，這個系統是剛剛建立起來的？」倩倩又問。

「是啊，大約在三個月前。」佩欣奇怪地問，「那又怎麼樣了？」

三個月前，不就正是「向日葵」出現的時間嗎？

倩倩認真地思考了一會兒。

「在互聯網上交朋友，和現實中有很多不同的地方，」倩倩突然說，「例如說，除非親身見面或者使用網絡攝影機，不然你根本就不會知道，對方的真正身分是什麼。因為這個原因，人們在網絡上的身分，是可以冒充的：男孩子可以自稱是女孩子、小孩可以自稱是大人，甚至可以把別人的經歷說成是自己的……」

均均這時驚訝地喊道：「等等，你是說，有人以『秋天的向日葵』的網名，冒充倪佩欣，來和陳諾行交朋友？」

「我想，那個人並不是真的要冒充倪佩欣，」倩倩更

正道，「我想『她』……或者『他』，只不過是借用了倪佩欣的經歷和性格，以免萬一自己被認出來。」

說着，倩倩望向陳諾行，語帶抱歉地說：「很對不起，諾行，這可能會讓你感到傷心。但我想存在着這麼一個可能，『秋天的向日葵』這個網友，可能只是個虛假的身分，是倪佩欣的一位同學，因為某種目的，而刻意製造出來的。」

陳諾行聽後，怔住了。

「不可能……」震驚之餘，她只能說出這三個字。

婉瑩連忙關心地走上前去，用雙手扶着她。

「這就是了，」均均說，「這就解釋了為什麼，當倩倩姐姐通過推理，找出『向日葵』的住址時，卻找到諾行她的舊同班同學了，這人肯定看過佩欣的日記，並有意借用她的性格和經歷，來通過網絡接近諾行，取得她的信任，然後突然消失，令她難過。但這個冒充者為什麼要這樣做？她，或者他的目的到底是什麼？惡作劇？」

「如果是惡作劇的話，這也太過分了，」婉瑩評論道，「竟然欺騙一個女孩子的感情。」

「我不知道，」倪佩欣喃喃道，「我的同學應該不會這樣做吧，我想。」

倩倩轉向倪佩欣，小心翼翼地說：「這只是初步的猜測而已。不過，別怪我這樣問，你的同學當中，有人喜歡惡作劇嗎？」

只見倪佩欣的表情有點兒複雜。

終於她說：「我可以保證，他們大多都不是那種喜歡惡作劇的人。不過，這一切倒是讓我想起了曾經在培進中學發生過的一件悲劇，而當中正好涉及了一宗性質和惡作劇差不多的事情，而且……雖然沒有人知道這件事是誰幹的，但是，我有幾位同班同學，在當時都有一定的嫌疑。」

「那是什麼事？」倩倩連忙追問。

「那件事大約發生在一年之前，我想諾行肯定也聽說過。就在我們班，一個患有自閉症的男孩子企圖自殺……」

2

這件事的主角叫做王志傑。他自小便患有一種叫做亞斯伯格症候羣的病症，和陳諾行所患的選擇性緘默症不同，患有這種病的人不但在交談上有困難，同時也無法正

常地理解其他人的感情和心理狀態。儘管他的病只是很輕微，但這還是嚴重地影響了他和其他同學的交往；很多同學對他產生了不必要的誤會，甚至嘲笑他、欺負他。而這其中，也包括了倪佩欣的那幾個朋友。

陳建倫、張俊斌、賴雪玲和韓光輝，他們都是培進中學中三A班的同學，經常玩在一起，形影不離。他們下課時一起聊天、打球、買零食，放學後一起逛街、唱K、看電影，甚至在假期時也會一起去燒烤、游泳、踩單車。

可以說他們都是很要好的朋友，也有着相似的喜好和興趣。

他們甚至討厭着相同類型的人。

這並不是什麼秘密，在這個小小的好友團體中，所有人都不喜歡王志傑。這種情況不知道是什麼時候開始的，也不知道是由誰首先發起的，反正一談到王志傑，他們的態度不是嘲笑，就是厭惡。

在學校之中，同學和同學之間帶有敵意，並不是什麼奇怪的事，而在很多情況下，這其實都是由誤會所引起的。同樣地，王志傑從來都沒有得罪過他們任何一個人：除了有一次，當陳建倫問王志傑借文具時，王志傑因為不理解他的問題，所以沒有理會他；另一次是當王志傑不小

心把韓光輝的東西撞跌時，卻並沒有向他道歉；還有當賴雪玲把一本小說放在書桌上時，王志傑沒有問過她，便自己拿來看⋯⋯諸如此類。

但僅此而已。何況，王志傑之所以會做出這些不可理喻的行為，是因為他的病讓他無法像其他人般正常地理解別人的想法。

不過，他們四人並沒有想到這一點，或許說，他們寧願相信王志傑是有意的。

而正是這種偏見，間接地導致了那件悲劇的發生。

事情發生在那一天的放學之後。在此之前，中三級舉行了一次中期測驗，而那天正是派發成績的日子。很可惜，這四個人的成績都不怎麼理想。放學後，大部分同學都離開了課室，除了王志傑外，就只剩下他們四人和倪佩欣了。

倪佩欣和他們四人是朋友，偶然會和他們一起玩，但卻並不算摯交，通常不會參與他們的「團體事務」。但這天，她因為要當值日生，要留下來打掃，便無意中聽見了他們的討論。

當時，他們四人圍坐在一張桌子附近。

「唉，這下回家一定被媽媽罵慘了。」張俊斌歎息

道。性格不拘小節的他，是四人之中最不喜歡學習的，幾乎每次測驗和考試前，他都若無其事地打遊戲機、看電視劇和睡懶覺，然後在派發成績後大吐苦水。

「你小心點，再這樣下去，下年便要重讀中三了，你媽媽一直希望你能考上好學校，別讓她失望了。」賴雪玲說。雖然她是一個女孩子，但卻剪了一頭男孩般的短髮，性格好動、開朗，總是和其他男生稱兄道弟，十足人們口中的「假小子」。

聽見她的話後，陳建倫笑道：「哈哈，你還有資格教訓別人？看看你自己的成績再說吧！」

陳建倫長得非常高大，常會被人誤會成中四、中五的學生。看他的身材就知道，他可熱愛運動了，還是學校籃球隊裏的中堅分子。

「你也看看你的成績吧！」賴雪玲也笑着回敬道，「在測驗前一天，我還看見你一臉輕鬆地練球，我還以為你已經溫習好了呢！」

這時一直無話的韓光輝清了清喉嚨，說：「哼，這些測驗真是無聊透頂，要是哪天考試制度被廢除，我一定第一時間放鞭炮慶祝。」

如果說這四個好朋友形成了一個團體的話，韓光輝肯

定就是團體的「首領」，他並不多話，但話一出口，就肯定是最引人注意的。

　　大家聽見他的話後，都紛紛點頭同意。

　　「是啊，我真的不明白這些考試有啥意義。」張俊斌説，「除了讓我們痛苦之外，又有什麼作用呢？」

　　「是啊，是啊。」賴雪玲也和應道，「説起來，我最討厭的就是那些所謂的聰明學生，不過就是死背書而已嘛，還以為自己很了不起的樣子。」

　　説到這兒，陳建倫往背後望去，只見王志傑正默默地坐在自己的座位上，盯着桌子上的課本，似乎正在溫習的樣子。

　　「看看那傢伙，不就是你形容的那種人嗎？」陳建倫指了指王志傑。

　　「噢，你是説拿了100分的那個人？」張俊斌有意大聲地説，「他很懂得背書嘛，不過，他可是連話都不懂得跟別人説呢。」

　　雖然聽見對方的話，但王志傑並沒有理會他，繼續專心地看書。不知道為什麼，這反而讓張俊斌感到不高興起來。

　　「哼，放學後還要刻意留下來溫習，顯得自己很好學

的樣子，真討厭！」他又喊道。

張俊斌並不知道的是，王志傑之所以會留下來，其實是在等父母來接他放學。這天他要到醫院覆診，所以他的父母便叫他留在學校，等他們下班後，駕車來接他到醫院去。但這卻被張俊斌誤會為「假裝好學」。

「算了吧，」賴雪玲説，「他可是優良學生，怎會理我們這些小角色。」

「就是。」陳建倫也忍不住説，「他這麼高傲，不會把我們放進眼裏的。不過，我真不明白，要那麼好成績來幹什麼，成績100分的試卷，能當飯吃嗎？」

出乎大家的意料之外，王志傑這時説話了。

「你們成績⋯⋯不好的話，」他的話説得很慢，「以後就找不到工作，自然就沒有飯吃了。」

當他説完後，課室對面的四人怔住了。

王志傑的話看似在諷刺，但事實上，他完全沒有這個意思。亞斯伯格症候羣患者的病徵，主要是無法正確地理解他人的情緒表現。陳建倫的話本來是一種反話，是用來嘲笑王志傑的，但這話卻被他理解成一個問題，以為陳建倫是在向他尋求答案，於是才會説出那句話來。

但那四個人當然不知道這點。

聽見這話後，張俊斌立即站了起來。

「你！你這是什麼意思？」他說，「你是在說我們以後都會窮得沒飯吃嗎？」

賴雪玲也不滿地對王志傑說：「你在說什麼？你這話太囂張了！」

「我……只是說事實。」王志傑試圖解釋，但這話卻再次引起了誤會。

「噢，你真誠實。」韓光輝冷冷地、語帶諷刺地說，「真謝謝你一針見血地指出了我們的問題，真是感激不盡。」

　　王志傑聽了他的話，搞不清楚狀況地回了一句：
「噢，不用謝。」

　　這下他可真把四個人惹怒了。

　　只見陳建倫一邊喊着，一邊衝到王志傑跟前，把王志傑嚇得縮成一團。最後，是賴雪玲和韓光輝阻止了他。

　　「別打他，」韓光輝對陳建倫說，「打傷了他，他就有證據去老師那兒告狀了。雖然他很囂張，但這樣做不值得。」

聽了他的話，陳建倫這才退了回去。

「我們走吧，」張俊斌喊道，「我不想再看見這個人。」

於是，四人便把嚇得半死的王志傑丟下，離開了課室。

而把一切都看在眼裏的倪佩欣，在完成自己的值日生任務後，也收拾背囊離開了。在她離開時，王志傑仍然待在自己的座位裏，只是他已經淚汪汪的，開始小聲地啜泣着。

這是她最後一次看見王志傑。

至於之後的事情，倪佩欣都是通過老師們的口中得知的。

就在那天稍晚一點的時候，當王志傑的父母來學校找他時，在課室裏卻找不到王志傑的蹤影。在找尋的過程中，一名老師急急忙忙來通知他們，有校工看見王志傑正站在學校天台的欄杆外，似乎是想自殺。

幸好，最糟的事情並沒有發生，消防員趕到後，馬上就把王志傑從天台邊上帶回到安全的地方。但王志傑的情緒卻顯得很不穩定，經醫生診斷後，證實他因為受到了刺激，病情變得比以前更嚴重了。

剛開始時，大家都不知道他企圖自殺的原因。但經過

心理醫生引導後，他才終於說了出來：當時他一個人在課室裏哭着哭着，突然想要去洗手間，於是便離開了自己的座位；當幾分鐘後他回來時，卻發現他原本放在背囊裏的測驗卷不知道被誰拿了出來，放到自己的課桌上。

但那測驗卷並不完整。事實上，測驗卷已經被撕成了碎片。

恐怕沒有人能明白，他有多在乎自己的測驗卷。一直以來，他都努力地讀書，希望取得好成績，但他這樣做並不是想顯示自己的聰明，他只是發現，每當他取得好成績時，父母都會高興地稱讚他。而他的病讓他錯誤地理解了兩者之間的聯繫——本來，父母之所以愛他，是因為他是他們的兒子，而不是因為他成績好，但王志傑卻並不理解這一點，他以為取得更好的成績，父母才會愛他多一點，而現在成績沒了，父母也就不會再愛他了。

就是這種誤解，讓他一時之間想不開。

雖然他在這件事裏沒有受傷，但卻影響了他的情緒。他第二天便退學了。

沒有人知道是誰撕毀了他的測驗卷。由於王志傑的父母不打算追究下去，所以他們也沒有報警。不過，老師們也曾經私下詢問過陳建倫、張俊斌、賴雪玲和韓光輝四

人，但他們都否認是自己做的。

由於沒有任何證據，這件事很快便不了了之。

一年之後，差不多每個人都已經忘記了這件事。

3

當倪佩欣說完後，大家都不發一言。

幾乎每個人都在想着同一件事，最後，還是婉瑩把大家的想法說了出來。

「撕毀測驗卷的，肯定是那四個人之一吧。」她說着，又補充道，「當然，我沒有證據，但這個可能性是最大的，不是嗎？」

「剛剛才因為成績的問題而吵上了一架，然後王志傑的測驗卷便被撕毀，是誰幹的還用說嗎？」均均義正詞嚴地說，「我想唯一的問題是，到底這是其中哪一個人做的？還是其中兩個人？三個人？又或者索性是全部人一起幹的？」

「他們有沒有責任，除非我們深入調查，不然無法這麼快便下定論。」只見倩倩公事公辦地說，「所以，首先需要的，是他們的證詞……」

「等等，」倪佩欣這時說，「你不會是想調查這件事吧？」

倩倩望着她，肯定地回答：「是的。這件事對王志傑造成非常嚴重的心理影響，無論撕毀測驗卷的人是誰，他或者她都對此負有全責。要知道，這個人的行為，差點害死了一個無辜的人。我不可以讓這種缺德的人逍遙法外。」

「不過，這件事已經過去那麼久了……」倪佩欣說，「何況，即使找出了撕毀試卷的人，也無法追究法律責任呢。」

「那就把那個人揪出來，把他所做過的事告訴全世界！」均均說，「這便足以懲罰那傢伙了。」

「是啊，讓大家知道那人有多缺德。」婉瑩說着，似乎突然想到了什麼，「咦？這麼說，撕毀王志傑測驗卷的，和那個以『向日葵』的身分來欺騙諾行的，說不定是同一個人！」

只見陳諾行怔怔地望着她，表情複雜。

「但那個人有意和陳諾行交朋友，目的又是什麼呢？」均均問。

沒有人回答他的問題。不過，大家都認為答案很明顯，只是不想在陳諾行面前講出來而已。

如果撕破測驗卷的人和「向日葵」是同一人的話，那麼他或她在和陳諾行成為知己後，之所以突然消失無蹤，肯定是為了讓陳諾行心碎。事實上，陳諾行在「向日葵」消失後，已經變得心神不寧。如果不是有倩倩等人依靠的話，真不知道會發生什麼——像王志傑身上的事，說不定還會發生一次。

　　倩倩望向呆坐一旁的陳諾行，只見她心神恍惚的，不知道在想些什麼。

　　如果這個人真的是在惡意地捉弄陳諾行，倩倩心想，那就一定要儘快把這個可惡的傢伙揪出來了。

　　「無論那個人的目的是什麼，肯定是不懷好意。」倪佩欣說，「倩倩，你是對的，我們一定要把那個人的身分找出來！如果有什麼事我能幫得上忙，就儘管開口吧。」

　　倩倩望著她，嚴肅地點了點頭。

　　「現在，我首先需要的，是那四個人的地址。」倩倩說，「今天天氣那麼好，我想我們應該去拜訪一下他們。」

 # 深入調查

1

他們拜訪的第一個目的地，是陳建倫的家。

陳建倫本人和倪佩欣所描述的一樣，高大的身材、寬闊的肩膀，長着一塊磚頭般的方形臉，剪着一頭軍人般的平頭髮型，基本就是一副天生運動員的模樣。不過，當他開口時，聲線卻沒有倩倩想像中那麼雄壯。

「嘿，佩欣，是你？有事要找我嗎？」他把門打開後，看見佩欣身後的倩倩等人，便問道，「呃……你帶了朋友來？」

他把眾人迎進了自己的房間中。他剛才似乎正在健身呢，兩個沉重的啞鈴正放在他的椅子旁。均均看見那啞鈴，不禁吐了吐舌頭——要他把其中一個舉起來，恐怕也會人仰馬翻，更何況是兩個？

「很不好意思，」只見陳建倫説，「房間很亂，椅子也不多，大家只能站着了。對了，你們來找我，到底是什

麼事？」

「建倫，我們有一些事想問你。這個……」佩欣説着，不知道該如何開口。

「這是關於一年前，你的同班同學王志傑的事。」倩倩替她接了下去。

只見陳建倫的表情隨即有了變化，變得陰沉起來。

「我不知道你是誰，我也不知道你為什麼要提起那件事。」他不客氣地説，「那件事已經過去很久了，你不會是想現在才來追究吧，嗯？來找出是誰撕毀那張測驗卷？來審問嫌疑人？這就是你們的目的嗎？」

「我的名字叫歐陽小倩。要調查案件，時間過去多久並不是重點，」倩倩不甘示弱地説，「重點在於，撕毀測驗卷的人，必須為自己的行為負上責任。更何況，現在我們懷疑，這同一個人曾經試圖通過網絡來戲弄陳諾行，所以，我們不得不進行調查。」

這時，陳建倫才注意到站在後邊的陳諾行。

但他隨即説道：「我不認為這件事有調查的必要，讓我來告訴你，我到底怎麼想吧。我認為那張測驗卷是王志傑他自己撕毀的，然後把罪名推到我們幾個人身上。不過，由於他父母不打算追究，所以最後才沒有成

72

功。」

「你怎麼可以這樣想？」婉瑩這時開口了，生氣地說，「明明是你們欺負了他，現在竟然又説他想冤枉你們？」

「嘿嘿嘿。小姐，別動怒。」陳建倫反倒笑道，「這只是我的猜測，就像你們懷疑是我把測驗卷撕毀一樣，是沒有任何證據的。」

「我們來，就是要尋找證據。」倩倩説，「你能跟我們説説，那天放學後，你曾經到過什麼地方？」

「你這算是審問我嗎？」陳建倫冷冷地説，「我一會兒約了朋友去打球，現在準備要出去了，所以，請你們離開。」

説着他站了起來，打算送客了。

「陳建倫，算是我求求你了。」倪佩欣連忙道，「我們必須找出那個人是誰。這個人把測驗卷撕毀，差點讓王志傑自殺；現在那個人又通過網絡來捉弄陳諾行，讓她傷心不已。接下來那人説不定還會欺負其他弱者，我們必須阻止這種事情發生。我相信你不會做出這種事來，而你的證詞或許能幫到我們，所以，請回答歐陽小倩的問題吧。」

陳建倫望了她半響，終於歎了一口氣。

「好吧，我合作。你儘管問吧。」他說。

「那天你們離開學校，是什麼時間？」倩倩於是問。

「我想大約是四點四十五分左右。我們四人離開學校後，便一起走到了巴士站附近……」陳建倫回答。

「走到巴士站時，大約是幾點？」

「由學校走到巴士站大約十分鐘，所以那時是四點五十五分左右。」陳建倫有點不滿地說，「斟酌這些時間有什麼用呢？」

「好吧，那離開學校後，你們四人又去了哪兒？」

「我們本來是打算去唱K的，但那時我們的氣還沒消，唱歌的心情都沒了，於是便決定各自各行動。」

「大家都各自到哪兒去了？」

「我和韓光輝決定去打籃球，而張俊斌說要回家打遊戲機，便乘上剛到站的巴士離開了。賴雪玲說她想去逛附近的商場買什麼吉他弦，由於順路，我們便和她一起去，不過，由於那間商店關了門，東西沒買成，賴雪玲便獨自回家去了。」

「那之後呢？」倩倩問。

「之後我和韓光輝便結伴到附近的球場打籃球，一直打到七點鐘。」

「你們打球時，有人能證明你們在場嗎？」

只見陳建倫笑了起來，語帶諷刺地說：「要問我拿不在場證據麼？當然有，那個球場附近的途人都是證人，我們還曾經因為場地的問題，和另一羣打球的學生起了爭執呢！當然，他們的樣子我已經記不清了，名字當然也不知道，如果你那麼神通廣大的話，即管把他們找出來，問問他們記不記得這件事吧。」

要把那些人找出來，當然已經不可能了，陳建倫肯定也知道這一點。這麼說，他和韓光輝，根本就沒有實質的不在場證據。

似乎知道倩倩在想什麼，陳建倫接着說：「是的，我們的不在場證據不充分，但我們陪賴雪玲去商場，可花了不少時間呢，所以我們是不可能溜回學校犯事的。另外，除非你有確切的證據，證明我曾經回過學校，不然你也無法把我定罪，對不對？現在，話問完了，你們也是時候離開了吧。」

於是，倩倩他們只好一無所獲地離開了。

2

接下來，他們來到了張俊斌的家。

當他們到達時，張俊斌正在打着遊戲機。

「我真不知道有什麼可説的。」在倪佩欣説明了來意後，張俊斌一臉不屑地説，「無論撕測驗卷的人是誰，這都是王志傑他自己的問題。説不了兩句話便出言不遜，吵不過別人就哭鼻子，測驗卷被撕了就嚷着要自殺。他自己EQ低而已，怎麼可以怪別人。」

「啊！看你這態度，」這下婉瑩可真被他激怒了，「按你這麼説，你被人打劫了是不是應該怪你自己帶那麼多錢出門？你中暑了的時候是不是可以怪太陽為什麼要照着你？你便秘是不是可以怪地心吸力小？你説測驗卷被撕是王志傑自己的責任？這是什麼邏輯？如果你識相的，就認認真真地回答倩倩這位大偵探的問題，不然我會揍扁你的鼻子，讓你一輩子都找不到女朋友！」

婉瑩一邊説，還一邊揮動着拳頭，嚇得張俊斌連連後退。

沒想到這一招還真有用，張俊斌的態度立即就軟化了不少。

「好好好，你贏了，我回答問題就是，」他說，「但我事先聲明，雖然我討厭王志傑，但他的測驗卷絕對不是我撕的。」

「那就要看你有沒有不在場證據了，」倩倩說，「當天，你們四人離開後，到了哪兒去？」

「我們沒有到哪兒去。離開學校後，我們就各自散去了，賴雪玲說什麼要去商場買東西，而建倫和韓光輝也喊着要打球，都不對我的胃口，所以我便回家繼續作戰了。」張俊斌口中的「作戰」，恐怕就是指玩射擊遊戲吧。

「關於你回家打遊戲機這個說法，有人能證明嗎？」倩倩問。

「你這是什麼意思，認為我說謊？」張俊斌哼了一聲，繼續道，「我當着大家的面上了回家的巴士，然後在五點半準時回到了家中，一回來便打開遊戲機開戰了，這一點，父母可以替我作證。」

倩倩從和案件有關的資料中得知，王志傑離開課室去洗手間，到回來發現測驗卷被破壞，這段時間大約是五點零十分左右。

「你回家的話，車程大約需要多少時間？」倩倩又問道。

「我的家離學校可遠了，巴士又跑得慢，先要過海，然後再過一個隧道，至少要八個字。」張俊斌回答。

也就是說，要在五點半前回到家，張俊斌就得在四點五十分之前坐上巴士。這樣看來，他是不可能在五點零十分時，跑到學校去破壞王志傑的試卷了。不過，在另一方面，這畢竟是發生在一年前的事，就算問他的父母，他們又怎麼可能確定張俊斌在那麼久之前的回家時間？

倩倩把這一點指了出來。

「這個嘛，你有所不知了。」張俊斌笑道，「我母親對我很嚴厲，規定我每天放學都必須在五點半前回到家，一個月超過五次沒有準時回家的話，就會沒收我的遊戲機，所以她會把我每天回家的時間記下來。如果你想確認，大可問問她。」

「你媽媽對你那麼嚴格？」倩倩揚着眉說。

「嘿嘿，我成績那麼差，她自然也不會給我好臉色看。」張俊斌苦笑，「不過，最近我已經努力了不少，成績也是中上水平，順利的話，下個學期我或許能轉到一間好點的中學去呢。」

關於這點，大家都很懷疑。無論如何，張俊斌的嫌疑已經算是排除了。

於是倩倩他們便準備離開了。

但當他們經過大廳時，倩倩卻突然發現，在靠近大門的牆上，掛了一副油印版畫。而畫上所印的，是梵高的名畫《向日葵》。由於畫家的風格，畫中的向日葵被繪成了鮮豔的橙色，讓人聯想到秋天的楓葉……

秋天的向日葵。

這是巧合嗎？張俊斌會不會就是那個利用假身分，來捉弄陳諾行的人？或許他在思索網名時，無意中看見這幅仿名畫，才會想到「秋天的向日葵」這個名字？

有這個可能。

3

賴雪玲雖然是個女孩子，但脾氣可不小。

「你這麼問是什麼意思？你懷疑我是撕毀測驗卷

的人？」她叉着腰，把頭湊近倩倩的臉，「你好大的膽子！」

賴雪玲的房間，可以説完全不像是屬於一個女孩子的。房間四周貼滿了重金屬樂隊的海報，櫃子上放着全套漫畫，旁邊則是細緻的軍事飛機模型。不過，和她本人相比，房間本身就小巫見大巫了：前衛的髮型、黑色的T恤、掛滿了金屬鏈子的牛仔褲、手臂上浮誇的紋身（不過明顯是水印貼紙），都讓賴雪玲看起來像個現代版的吸血僵屍。

加上這刻她的一臉兇相和可怕的聲量，讓膽小的均均嚇得幾乎轉身就要逃。

不過倩倩可沒有被她嚇着，面不改容地説：「你是那天欺負王志傑的其中一人，懷疑你是很正常的事。你説你沒有撕毀測驗卷，那就證明給我看吧！除非是你自己心裏有鬼。」

賴雪玲狠狠地瞪着倩倩的眼睛，她的眼神甚至讓婉瑩也不寒而慄起來。但倩倩卻只是平靜地望着賴雪玲，毫不退讓。

幾秒後，可能是欣賞倩倩的勇氣吧，賴雪玲的態度竟然轉了一個大彎。「哈！」她笑了起來，「夠爽快。那

好，我就給你十分鐘時間，你問吧！」

倩倩暗暗鬆了一口氣。

「在一年前的那天，你和另外三人離開學校後，又到哪兒去了？」她問。

「那天嘛，」賴雪玲想了想，「我們本來是打算放學後去唱K的，你知道，我們剛剛考砸了測驗，想去散散心。不過，因為王志傑那事，我們當時心情不怎麼好，所以就一致決定取消了。」

「之後，你們就各自回家去了？」

「決定回家去的只有張俊斌，陳建倫和韓光輝想去打球，而我則決定去地鐵站附近的大商場——我的吉他弦斷了，我要去買新的。」

「有人能證明麼？」倩倩直接地問。

賴雪玲瞪了她一眼，讓婉瑩和均均以為她又要發怒了。不過，最後她還是冷冷地回答：「巧得很，陳建倫和韓光輝正好順路，陪我一起去的。不過，那間賣樂器的商店正好在盤點，關門了，讓我撲了個空。最後他們便前往球場，我則坐車回家去了。」

倩倩聽後，沉默無言了好一會。

賴雪玲這時說：「你是在想，他們根本就沒有陪我

去，只是為了保護我而說謊，對不對？你認為我當初根本就沒有去商場，而是一個人偷偷折回了學校，把王志傑的測驗卷撕毀，然後若無其事地回家去，沒錯吧？但你錯了！那樂器店的確在盤點，不信你去查一查。如果我沒有去商場，我又怎麼可能知道這一點？」

「商店盤點，通常會提早貼出通告。」倩倩說，「或許你事先知道了。」

「哼，你不相信就算了。」賴雪玲扭頭望向別處，「但我不會做出這種缺德的事，我絕不會去撕毀那個可憐人的測驗卷。」

「可憐人？」倩倩重覆道，「這可是個不同的觀點。要知道，無論是陳建倫還是張俊斌，都認為王志傑讓人生厭。難道你和他們有不同看法？」

「你知道有時候人是會犯錯的，」賴雪玲嚴肅地說，「有時候你會產生一種偏見，這種偏見是盲目的，就連你自己也意識不到。直至一段時間過去後，你重新審視這一切，才會發現，當初你的想法並不正確。特別是，當你呆在一個團體裏時，你就會傾向於迎合團體的觀點，和他們喜歡同樣的東西，和他們恨同樣的人，但當你沒有和團體呆在一起時，卻又會發現大家的想法並不合理。這就是所

謂的團體盲思。」

　　這段話和賴雪玲的性格完全格格不入，讓眾人目瞪口呆。

　　「怎麼了，人家懂一點心理學很奇怪嗎？」賴雪玲沒好氣地說，「總而言之，我對王志傑並沒有偏見，也明白當時的衝突不過是個誤會。別看我的樣子像個惡霸，但我並不喜歡欺負弱小，不過由於立場關係，我還是盲目地和其餘三人一起，和王志傑吵起來。但當陳建倫衝動地要去打他時，我才感到不對頭，連忙上前阻止。而事後，特別是聽說王志傑企圖自殺後，我也感到後悔不已。」

　　「我明白你的心情。」倩倩道。

　　「你當然不明白，」賴雪玲粗暴地說，「我到現在都清楚記得，當陳建倫跑過去，在王志傑臉前揮動着拳頭時，那可憐人的表情是多麼的無助，如果不是我們阻止，他肯定會被嚇哭。事後我真的不明白，我們為什麼要如此對待他？

　　「所以，」她說着補充道，「我是絕對不會做出撕毀試卷這種事。」

　　她說話時的樣子很誠懇。

　　但是，或許她只是在虛張聲勢？倩倩真的不知道。

4

韓光輝的確是個沉默寡言的人。

這樣的好處是，在倪佩欣向他解釋整個情況時，他完全沒有打岔；但這樣的壞處是，倩倩也幾乎無法向他套取任何有用的情報。

「我們離開學校後，張俊斌坐車回家了，我和陳建倫陪賴雪玲去商場。她走後，我倆打了兩小時的球，就回家了。就是這樣。」他的回答簡潔、乾淨利落。

「有人能證明你和陳建倫一直在打球嗎？」倩倩問。

「沒有。」韓光輝只說了兩個字。

作為一個偵探，倩倩一直以來都與不同的嫌疑人打過交道。對於倩倩來說，最容易露出破綻的，是那些誇誇其談的人，他們說的話越多，就越容易在無意中把一些秘密和心底話吐露出來，結果成為倩倩破案的線索。相反，如果對着一個話少的人，就會較難發現疑點。

而韓光輝正好是這種人。

不過，要對付他，也是有辦法的，雖然這樣做有點兒狡猾。

「學校看門的校工說，那天下午曾經看見賴雪玲和陳

84

建倫兩人返回過校舍。」只見倩倩突然説。

　　聽到這句話，韓光輝原本毫無表情的臉發生了變化。

　　當然，在場其餘的人都清楚，倩倩的話完全是謊言。倩倩的確打算找看門的校工問話，但這件事還沒做呢，這刻，她只是在虛張聲勢。

　　「真的？」韓光輝用凌厲的眼神望着倩倩。

　　「所以，你就別再説謊了，」倩倩裝出一副什麼都知道的樣子來，「你們根本就沒有去打球，或者去商場。根據大家的證詞，你們是在四點四十五分離開學校的，而你們到達巴士站後，其實就已經各自散去。不過，只有你和張俊斌是真的回家去，賴雪玲和陳建倫實際上立即就趕回了學校，待到大約五點十分，王志傑去洗手間後，才把他的測驗卷撕碎，之後才回家的。而你作為他們的朋友，為了保護他們，才製造出去商場和打球之類的謊言，對不對？校工的證詞可以證明這一點。」

　　「你説校工看見他們兩人，那是什麼時候？」韓光輝剛想辯解，卻似乎想到了什麼似的，問道。

　　「那是……」倩倩頓了頓，「四點五十五分，但這不重要，重要的是……」

　　只見韓光輝突然大笑。

「你笑什麼？」倩倩問。

「你在說謊，」韓光輝說，「你說校工看見他們兩人，根本是騙人的。」

「我……不明白你在說什麼。」倩倩皺着眉頭說。

「你以為可以哄騙我，但你犯了個錯誤。」他說，「他們在巴士站跟我們分手時，就已經過了四點五十五分了，而回到學校至少要十分鐘，賴雪玲和陳建倫他們是不可能在這個時間被校工看見的，所以他們根本沒回去。」

但倩倩聽見韓光輝的話，卻微笑了起來。

與此同時，韓光輝臉上的笑容頓時不見了。他立即就明白到自己的錯誤。

他實在太大意了。他沒意識到倩倩話中的錯誤，本來就是她刻意製造出來的，掉進了她的陷阱中，在無意之中說漏了嘴──說出他們四人的確是在巴士站分手的，陳建倫並沒有陪他去打球，他們也沒有陪賴雪玲去商場。和球場上的學生爭執、要去買吉他弦卻發現商店關了門，這些都完完全全是謊言。

韓光輝搖了搖頭，苦笑道：「竟然被你耍了，好吧，我認輸了。我本應該像平時那樣閉上嘴的，但我一聽見你說賴雪玲和陳建倫可能曾經返回校園，我便着急了。」

「你們那天離開學校後，來到巴士站，便各自回家去了。」倩倩說，「第二天，當聽說王志傑的測驗卷被人撕毀後，你們便意識到你們四人的嫌疑最大，於是便互相製造出一些不在場證據來，以便在老師查問時減輕大家的嫌疑。」

「是的，而且那正是我的提議，我有責任保護大家的安全。」韓光輝說，「因為除了張俊斌外，我們各自都沒有迅速回家去，如果被查問的話，肯定會被懷疑。所以，

我們的確說了謊，但儘管如此，我還是得說，我們並沒有做那件事。」

「你承認在不在場證據上說了謊，」倩倩問，「但你不承認，你們中有人破壞了那張測驗卷？」

「是的。」韓光輝很肯定地說，「我們沒有。」

「但你仍然害怕有這個可能，對不對？」倩倩彷彿看穿了他的思想，「這就是為什麼，你聽見我說有校工看見賴雪玲和陳建倫時，你會那麼擔心了。」

「事後我問過他們三人。」韓光輝板着臉說，「他們每個人都發誓，絕沒有做出那種事。」

「但你還是擔心對不對？」倩倩說，「你們的確在四點五十五分就各自散去了，很可能，其中一個人曾經折返學校，做出那件可怕的事。」

「我不知道……」韓光輝歎了一口氣，「我真的不知道。」

5

天色漸暗，太陽已經接近地平線，夕陽把遠處的建築物染成了橙黃色。

倩倩、均均、婉瑩、倪佩欣和陳諾行，已經離開了韓光輝所住的大廈，現在正往培進中學走去——韓光輝的家離學校很近，走路的話只需要十分鐘時間。沒錯，倩倩打算向學校看門的校工了解一下，看看當天有沒有看見過可疑的人。

「不過這個可能性其實很小啦，」倩倩分析道，「這已經是一年多前的事，那天看門的校工可能已經轉職了。即使他還在，也不一定能回憶起那麼久之前的事呢！不過，試一試也沒有壞處。」

「好吧，查問了一整天，」婉瑩一邊走一邊伸了個懶腰，「關於測驗卷是誰撕毀的，我們還是毫無頭緒呢！除了張俊斌外，每一個人都沒有確切的不在場證據，他們每一個人，都有可能偷偷跑回學校。」

「說不定他們三個一起做的。」均均搶着說，「要不他們為什麼要謊話連篇？他們一定是擔心自己的行為被發現，才編出什麼去打球、逛商場之類的事。」

「目前我們還不能這樣斷定呢！」倪佩欣說，「他們說了謊，並不代表他們就一定做了那件事。我們可不能冤枉無辜，必須講求證據。」

「是的，」倩倩補充道，「我們甚至不能說撕測驗卷

的人就一定在他們四人之中呢，畢竟學校裏的任何人，都可以偷偷地趁王志傑離開課室時，進去破壞測驗卷。就算他們之前和王志傑吵了一架，也不能證明什麼。」

「非常同意，」只見佩欣笑了笑，「那麼說，還有一個人的不在場證據，你們還沒確認呢！」

「是誰？」倩倩奇怪地問。

「就是我啊！」佩欣笑道。

「你？」婉瑩叫道，「不要開玩笑，我們又怎麼會懷疑你呢？」

佩欣這時認真了起來，回答道：「我當時也在現場啊，對不對？我曾說過，我在他們四人離開後，也跟着回了家——但這只是我的個人說法。我也可能假裝離開學校，實際上偷偷躲在附近，找機會破壞王志傑的測驗卷呢！」

「別這樣說，你又怎麼可能這樣幹呢？」均均嘟着嘴說，「你根本沒有動機啊，你也沒有和王志傑吵架，你不可能會……」

「不！」倩倩這時卻說，「她說得對，我們剛才不是說，任何人都有破壞測驗卷的嫌疑嗎？好吧，我們相信你沒有這樣做，但我還是要問問你，你在那一天離開學校

後，又到過什麼地方？」

「我那天放學後，就到了附近的圖書館借書。」倪佩欣認真地回憶着，「我在圖書館裏逛了幾分鐘，臨走時借了兩本書，之後便回家了。」

「嗯，」倩倩想了想，「你離開圖書館時是幾點鐘？」

「大約是五點零五分吧，由於我是用智能身分證來借書的，所以借書時間記錄可以證明這一點。」佩欣想了想，說，「而那間圖書館雖然在學校附近，但一來一回至少要十分鐘，所以我是不可能在借書後，趕回學校的。」

倩倩點了點頭，不過她又隨即笑道：「不過，如果你當時叫一個朋友，用你的身分證，在五點零五分時到圖書館借書，那麼你本人就可以在這段時間回學校犯事了。」

「對哦，」倪佩欣笑了起來，「我怎麼沒有想到這一點。這樣說來，我的不在場證據也有破綻囉，看來我也是嫌疑人之一呢！」

「事實上，當時就讀於培進中學的學生，可以說都是嫌疑人呢。」倩倩對她眨了眨眼。

「如果是那樣的話，我們該怎麼調查下去啊？」均均泄氣地說，「希望學校校工能給我們一些線索吧。」

說着，他們一行人已經來到了培進中學的校門前。

雖然是假期，但學校裏的工作人員都在。好不容易，大家才問出，原來在一年前那天看守校門的，是一位叫做方伯的校工。

「哦，你們是說一年前的那件事？」方伯說，「是，是，我當然還記得。」

方伯的年紀已經挺大了，至少有五十多歲的樣子，但身體還是很健壯。只見他一邊說着，一邊用噴水壺替他心愛的植物噴着水。

「真是一件可怕的事，」他搖着頭評論，「嘖嘖，測驗卷被人撕碎了，一時承受不了，跑上天台要自殺。幸好讓我的一個同事發現了，及時向老師們報告，不然的話一個生命便這樣結束了。」

「那麼，你當時一直都在看守着學校大門嗎？」倩倩問。

「是的，是的。我就坐在那兒。」方伯指了指大堂另一端的接待處，「每天四點半放學後，一直坐到七點學校關門。」

「嗯，我這樣問可能有點強人所難，」倩倩抱歉地說，「請問你還記不記得，那一天放學後，有沒有學生曾在五點左右回到學校來？」

「哎呀，這個啊……」方伯皺着眉頭，認真地思索着，「那真是很難回答呢！雖然放學後不久，但大部分學生都應已經離開了，沒有多少學生出入，所以我也很少會注意到他們。通常我只會留意有沒有老師離開，和他們說再見，又或者留意有沒有家長來拜訪，然後替他們登記……」

看來最後還是一無所獲呢，倩倩心想。

「啊，不過呢……」只見方伯突然皺起眉頭，似乎回憶起什麼事情，「仔細一想，我的確記得有一位學生，曾經在五點十分左右回到學校來。本來嘛，我是不會特別注意出入的學生的，但我卻記得很清楚呢，因為那位學生跑得很匆忙，經過校門時還差點跌倒。」

「那你記不記得這位學生長什麼樣子？」倩倩連忙追問道。

「噢，這個啊，很不好意思，已經記得不太清楚了，」方伯道，「我只記得那是一個女孩子。」

「女孩子？」婉瑩喊道，「是賴雪玲？」

「這個目前還無法肯定，」倩倩說着，再次詢問道，「方伯，請你再仔細回憶一下，那位學生的樣子是怎麼樣的？」

「這個啊⋯⋯」方伯想着，索性把水壺放下，雙手交叉着放在胸前，努力地回憶着，「我記得她有一頭黑色的短髮，至於樣子嘛⋯⋯」

說到這兒，他望向倩倩她們，似乎想表示抱歉。沒想到他眼睛一瞪，突然失聲叫了起來：「哎呀，那天回到學校來的女孩子，不就是她嗎？」

他一邊說着，一邊伸手指向倩倩背後。

倩倩大驚失色，連忙回過頭去，去看方伯所指着的人⋯⋯

只見方伯指着的，正是一臉驚惶的陳諾行。

6

「天啊，這到底是怎麼一回事？」均均叫道。

這刻，他們五人已經離開了校舍，站在培進中學的操場上。

從剛才起，大家就一直在不斷地向陳諾行提問；而她也像平時一樣沉默不語，沒有回答其他人的任何問題。

倩倩剛剛才說過，當時所有在這裏就讀的學生，都可以說是破壞測驗卷的嫌疑人，而這當然也包括那時仍待在

培進中學的陳諾行。現在，學校的校工卻告訴大家，在事件發生的時間內，陳諾行她曾經回到學校來。

這到底說明了什麼？

大家都對這一切所暗示的事感到不安。難道是陳諾行把王志傑的測驗卷撕碎的？這根本說不通，她根本就沒有動機。但是，她在這個時候回到學校去，又是什麼原因呢？所以，大家才會不斷追問她，希望她能有一個合理的解釋。

但是，陳諾行卻一句話也不肯說，這讓眾人感到更焦急了。

「不要緊的，告訴我們吧，」婉瑩勸她道，「我知道你是不可能做出那種事的，你到底回學校幹什麼呢？」

陳諾行只是一個勁兒地搖頭。

就在這時，倩倩卻突然想到了另外一個可能性。

她連忙走上前去，雙手扶着陳諾行，嚴肅地問了她一句話。

「諾行，你是不是看見了撕破測驗卷的人是誰？」

聽見這句話，大家都吸了一口氣。

陳諾行望着倩倩只是一怔，沒有說話。但眾人從她那驚訝的表情，就已經看出倩倩這次猜對了——陳諾行在五

點十分時回到學校,要做的事可能和事件沒有任何關係,但當她回到課室大門時,卻無意中看見一個人站在王志傑的座位前,從他的背囊中掏出一張測驗卷,然後狠狠地撕碎!

「聽我說,諾行,」只見倩倩繼續道,「我想,我知道『秋天的向日葵』刻意地接近你的原因了。請你告訴我,『向日葵』是不是在和你成為好友後,曾經裝作無意地問過你,學校裏有沒有發生過什麼學生被欺負的事件?『向日葵』是不是曾經向你探聽過,那些欺負其他學生的人的身分?」

陳諾行聽後,睜大了眼睛。

「『向日葵』的確曾經這樣問你,對不對?」倩倩問,「我想,『向日葵』其實就是那個撕毀試卷的人,這人原來以為自己的惡行沒有被人看見,後來卻不知從什麼途徑發現,你曾經在那個時段回到過學校來。之後,犯事的人非常擔心,不知道你是不是看見了一切,為了確認,於是便以『向日葵』之名接近你,打算從你的口中探聽你的口風!」

陳諾行露出悲傷的表情,後退了半步。

倩倩望着她,一臉誠懇地說:「我不知道,當時你為

什麼不把這件事說出來，但現在事情到了這個地步，請你告訴我們，當你回到學校時，到底看見了什麼？而撕毀王志傑測驗卷的人，到底是誰？」

陳諾行沒有回答，只是搖着頭。

「這個人不但破壞了王志傑的測驗卷，讓他心灰意冷，企圖自殺，」倩倩繼續道，「而且還刻意地通過互聯網接近你，試圖套你的話，欺騙你的感情。這種人絕對不可原諒，我們必須把這人揪出來！所以，請告訴我們吧！」

「是啊，儘管告訴我們。」婉瑩磨拳擦掌地說，「告訴我們是誰幹的，我一定會把那人罵得狗血淋頭，替你和王志傑報仇。」

「沒錯！不可以讓這傢伙逍遙法外。」均均說着捲起衣袖，大有準備把那個人拖出來揍一頓的架勢。

「不！」沒想到陳諾行這時摀着耳朵，大聲喊道，「請……不要逼我了，我是不會把那個人的身分說出來的，不……不好意思！」

說着，她便眼淚汪汪地轉過身去，迅速跑開，很快就消失在眾人的視線中。

看見她的反應後，大家都不禁沉默了起來。

「她為什麼要保護那個人呢？」終於，均均歎着氣
說，「她明明看見了那人撕破了王志傑的測驗卷，卻又對
此絕口不提，這不是在助紂為虐麼？」

「我也不明白。」婉瑩則道，「唉，明明只要她肯開
口，就可以把犯事的人揪出來的，偏偏她又不肯講。」

「算了吧，」倪佩欣對她說，「你們就不要逼她了，
或許等她冷靜下來之後，就會主動跟你們說了。」

「天啊，我都做了些什麼。」這時倩倩卻一臉後悔地
說。

「怎麼了？」均均問道。

「我們一直向她追問兇手的身分，但卻沒有考慮到她
的感受。」倩倩用手拍了拍自己的頭，「我不知道她為什
麼不肯告訴我們犯事者的身分，但另一方面，她一直以來
都把那個『向日葵』當成自己唯一的朋友，但這刻，她卻
明白到，這一切都是個虛假的謊言，『向日葵』只是想探
聽她的口風，而不是想和她做朋友──這對她來說，肯定
是一個可怕的打擊。可我們不但沒有盡力去安慰她，反而
不斷地追問她，逼她把犯事者的身分說出來。這樣做……
實在太過分了。」

聽見倩倩的話後，大家都感到無比的內疚。

「哎呀，你說得對，」均均撇着嘴説，「我們實在太不懂人情世故了。雖然這都是婉瑩姐姐她的錯。」

「什麼？我的錯？你也有追問她呢！」婉瑩沒好氣地説。

「我想，我們應該向陳諾行道歉。」倪佩欣也道。

「那是當然的，而且，我們還應該幫助她振作起來，讓她開心一點。」倩倩説着望着眾人，「或許，我們可以為她做點什麼……」

第五章 在這美麗的一天

1

第二天早上，天氣晴朗、風和日麗，就連窗外鳥兒的叫聲也顯得格外歡快。

不過，陳諾行對此並不怎麼關心，差不多九點鐘了，她仍然疲倦地躺在牀上，完全沒有起來的意思。

「太陽快升到頂啦，」一把聲音輕輕地說，「是時候起了。」

陳諾行沒有理會那把聲音，只是不耐煩地轉了個身。

直到三十秒後，她才驚覺似地轉過身來，睜開眼睛。只見歐陽小情那張正在微笑的臉出現在自己的眼前。

「哇！」陳諾行嚇了老一大跳，驚叫着坐了起來。

「啊，對不起，嚇着你了。」情情有點抱歉地說，「我還以為你已經醒了呢。」

陳諾行一臉的驚魂未定，望望自己的房間，又望望情情。

「哦，你是在想我為什麼會在這兒對吧？」倩倩說，「我向學校的老師問了你的地址，然後是你媽媽讓我們進來的。其餘的人，婉瑩、均均，還有佩欣都在大廳裏喝着茶呢！我則是進來看看你醒了沒有。」

「我……」陳諾行說着頓了一頓，似乎鼓起了勇氣後，才繼續道，「別問我了，我是不……不會說出來的。」

倩倩疑惑地望了她半晌，然後才恍然大悟地說：「啊，你別誤會啊，我們不是來向你查問的，這和那件事一點關係都沒有！今天我們之所以來，第一，是要來向你道歉的——我們昨天實在太過分了，沒有理會你的感受，還一起逼你把那人的名字說出來，實在是很對不起。」

「不……要緊。」陳諾行勉強地笑了笑，小聲地說，「那麼……第二是什麼？」

「第二嘛，」倩倩對她說，「就是要帶你出外好好玩一下！」

陳諾行聽後，不明所以地眨着眼睛。

「你看，」倩倩說着拿出一張寫滿了字的A4紙，「我們每個人都提議了一些有趣好玩的活動，而你一定要來參與。」

陳諾行望向那張A4紙，只見上面清楚地列明了各項活動。

今天的行程：
□ 製作曲奇　　　□ 踩單車　　　□ 打羽毛球
□ 買衣服　　　　□ 唱K　　　　□ 看燈飾
P.S. 問問諾行還想做些什麼。

看見這一大堆活動提議後，諾行望向倩倩，欲言又止，似乎拿不定主意。

「諾行，」倩倩這時認真地說，「和我們一起出去玩玩吧。剛才你媽媽說，你一天到晚都呆在電腦前上網，除此之外什麼都不幹，這樣不太好呢。你當是為了自己，也算是給我們一個補償的機會，和我們出去吧！說不定你會喜歡呢。」

陳諾行轉過頭去，望向牀邊那部一直陪伴着自己的電腦，想了好一會兒。

最後，她深呼吸了一口氣，問道：「你們……絕不會問我那件事？」

她所指的，當然是一年前測驗卷被撕壞時，她看見了

犯事者的事。

「絕對不會。」倩倩舉起右手，作宣誓狀，「我答應你，如果今天我提起那件事，我就是……呃，我就是說話不算數的大話精，下輩子都長着長鼻子。」

聽了倩倩的話，陳諾行笑了。

「這麼說，你肯和我們一起去玩了？」倩倩問。

陳諾行點了點頭。

2

他們今天的第一個活動，就是製作曲奇了。只見桌子上堆滿了各種各樣的材料，這都是倩倩他們在來到之前就已經買好的。

大家先把牛油、糖和鹽一起放進攪拌機裏拌勻，拌得差不多後，便加入雞蛋、蛋糕粉和芝士粉。均均他堅持要做巧克力味的曲奇，便把可可粉也加了進去。接下來，把拌好的曲奇漿放到大托盤上面後，便是最重要、也是最有趣的製作步驟了——大家都各自把粉漿捏成不同的形狀，看看誰得最好看。

最有表演慾的均均當然不會放過這個展示自己「個

性」的機會，連忙用粉漿捏出各種「高難度」的形狀來，什麼「鹹蛋超人」造型啦、「外星人」造型啦、「軍用戰鬥機」造型啦、「爆旋陀螺」造型啦……不過，實際上他所捏的形狀都是一個樣兒，全都像些變種馬鈴薯，讓人完全看不出一個所以然來。看見那些古怪的造型，大家都紛紛表示不會吃他做的曲奇。

至於婉瑩嘛，也不甘於平凡，打算把各個明星的樣子做進曲奇裏。當然，她的努力最後還是以徹底的失敗告終。

「嘿，大家看看這像誰？」婉瑩把一個捏好的曲奇揚給大家看。

「這個，我知道我知道，」均均興奮地舉起手說，「是不是科學怪人？」

「這是劉德華！劉德華啊！」婉瑩沒好氣地說，「你一定是有意捉弄我的，倩倩，你最誠實了，你看看，這像不像劉德華？」

倩倩盯着曲奇一會，才說：「像，當然像。」

婉瑩一臉勝利地望向均均。

沒想到倩倩接着又補充道：「如果劉德華去演科學怪人，一定就是這個樣子。」

眾人聽後都忍不住大笑起來，讓婉瑩氣得滿臉通紅。

「是啊，」佩欣笑着説，「這可完全不像劉德華，你可別詆毀人家的偶像。」

「那讓我看看，你們的曲奇又好到哪裏去？」婉瑩哼了一聲。

至於倪佩欣和倩倩的曲奇，可以説是最正常不過的了，圓圓的曲奇上有着螺旋狀的花紋。不過，出乎所有人的意料之外，陳諾行所捏的曲奇，竟然非常漂亮呢！

只見她一會兒捏出可愛的小狗，一會兒捏出胖嘟嘟的小豬，一會兒又捏出小羊、小白兔、企鵝等動物，全都像真度十足，漂亮極了，讓人目不暇給。

「好厲害！」連婉瑩也不禁讚歎道，「雖然很不服氣，但你的曲奇造型是所有人之中最棒的。你怎麼做到的？你平時經常都會做曲奇的嗎？」

「沒啊……」陳諾行微笑着，「我……是第一次做曲奇呢！」

「這就是天分啊！」均均歎息道，「人家有烹飪天分嘛，婉瑩姐姐你學煮東西煮了那麼久，做出來的菜式都是色香味皆無呢！味道不是最可怕的，那個賣相啊，讓我幾乎每晚都會發惡夢。」

「你説什麼！」婉瑩氣得順手拿起桌子上的勺子，追

打起均均來。

「救命啊！姐姐她平時煮飯下毒未遂，現在要謀殺親弟弟啦！」只見均均邊逃邊喊，把陳諾行也引得捂着嘴笑了起來。

最後，均均當然沒有被謀殺，只是頭上多了兩個包而已。

大家把曲奇放進烤箱烤好後，便紛紛趁熱吃了起來。

吃過早餐後，他們離開了陳諾行的家，開始進行下一個活動。

3

在今天的天氣中踩單車，可以説再適合不過了。還不到中午，天上便長出了朵朵白雲，把猛烈的太陽光擋了一大半，但同時又完全沒有下雨的意思。

倩倩他們踩着單車，飛馳在海濱長廊的一條長長的單車徑上，清爽的涼風迎面而來，讓人精神一振，卻又不至於冷得讓人哆嗦。在單車徑的兩旁景色怡人，鬱鬱的樹木和五彩的花叢一直延伸到無限遠，踩着單車穿梭在其中，不禁讓人身心舒暢。

難得來到戶外，透透新鮮空氣，讓陳諾行的心情變好了不少。要知道，她平時都只是待在家中對着顯示屏，除了吃飯和上洗手間外，從不會離開座位。直到現在，她才意識到，自然世界比互聯網精彩得多呢。

剛開始時，陳諾行可以說完全不懂得踩單車，沒踩幾米便要失去平衡，不過在均均的教導下，很快就漸漸適應了。她的學習進度讓人吃驚呢！一般人要學會踩單車，少說也要幾小時，甚至要好幾天，但她不過是在出租單車的單車場裏

踩了兩圈，便已經可以搖搖晃晃地堅持踩上幾十米了；又過了十多分鐘，她便已經可以踩直線，一直跑上好幾圈都不跌倒，除了轉彎時有點不穩外，基本上已經趕上其他人的熟練程度了。

均均說這是名師指導的效果，但大家都知道，這是因為陳諾行有天分而已。

現在，當她和眾人一起，駕着車行駛在河道邊時，她已經完全習慣了靠兩個輪子來保持平衡的感覺了。

「我說，諾行你真是太厲害了！」在她身後的均均邊踩邊說，「竟然在半小時內學會踩單車，要知道，當年我這個天才也足足學了十分鐘呢，嘿嘿！而至於我的姐姐嘛，就更不要提，她足足學了十多年……直到現在都學不懂。」

他指了指身後，只見婉瑩正踩着那些初學者使用的「學行車」——後輪有兩個輔助輪支撐着的那一種，正慢悠悠地排在隊伍的最後呢。

　　「你別以為我在後面就聽不見！」婉瑩氣呼呼地喊道，「你是在奚落我到現在都不懂得踩單車吧，對不對？」

　　「你説什麼？」均均故意裝作聽不見，「你在那麼遠我可聽不見呢！」

　　婉瑩於是連忙加快速度，踩上前來，打算用拳頭襲擊均均。

　　「哎呀！你捉不到我。」均均立即又踩快了一點，跑到隊伍最前邊去了。

　　「你！」婉瑩又氣又累，邊踩邊喊，「不要讓我捉住你！」

　　「放心吧！你慢得像烏龜，又怎可能捉到我。」只見均均回過頭來大笑道，一邊還加快了速度。

　　「你給我小心點……」婉瑩大叫。

　　「哈哈！儘管威脅我吧，反正捉不到我。」均均仍舊大笑着説。

　　話音剛落，他便連人帶車撞上路旁一條大燈柱，人仰

「車」翻。

「我不就是叫你小心點那支燈柱嘛。」婉瑩説着，便和大家一起上前查看。

「你沒有受傷吧？」倩倩來到神智不清的均均面前，伸出三隻手指，關心地問道，「這兒有幾隻手指？」

「店小二何以不肯賣酒給我吃？」只見均均一時搞不清楚狀況，大聲喊道，「我又不曾醉！便是真有老虎，我也不怕，即管讓我過崗去！」

看來這小子一時糊塗，把自己當武松了。

「喂！你清醒點，要不要帶你去看醫生？」婉瑩望着他道。

「竟有如此之大的老虎！」均均則一驚，「嚇得我酒都當冷汗出了！」

「你説誰是老虎？」婉瑩氣得給均均的頭就是一槌，倒是把他打清醒了。

「什麼事？」均均手腳亂舞了一番後，問道，「啊，我剛才不知為什麼夢見自己是武松，正被老虎襲擊呢！説起來，那老虎還挺像婉瑩姐姐你的。」

婉瑩聽後又給了他一槌，這次幸好沒有把他打回之前的樣子。

大家看見均均沒事，便繼續踩單車，一邊欣賞着沿途的風景，最後來到了目的地，把單車交還。

他們馬不停蹄，立即便準備進行下一個活動了。

4

「嘿！」陳諾行一個扣殺，把球網對面的婉瑩打得找不着北。

「十二比三！」旁邊的均均隨即宣布道。

第一屆均均盃羽毛球雙打決賽正在激烈地進行當中，在這場比賽中，陳諾行和倩倩一組、倪佩欣和婉瑩一組，而均均則説自己不欺負女孩子，所以自願做裁判（實際上他是不懂得打）。嗯，你問目前的比賽成績？這個嘛，總的來説，雙方基本上是不相上下……咳，好吧，應該説是陳諾行那組以絕對的優勢領先。

之所以有這樣懸殊的分數，完全是陳諾行的功勞。只見她在球網前左竄右竄，一會兒側身反手擊球、一會兒飛身撲地救球、一會兒跳高正手抽球，把對手的擊球統統擋了回去，讓人看得眼花繚亂。而倩倩除了在後方偶然傳一下球外，幾乎什麼都不用做。

「停停停！」這時婉瑩喘着氣說，「你們實在太厲害了！留點分給我們吧。」

「這可和我無關，」倩倩一臉無辜地攤着手，「如你所見，我方的主將可是陳諾行呢！老實說，我已經有差不多五分鐘連球都沒碰過。」

「是啊，陳諾行的球技實在太棒了！」一旁的均均也讚道，「可以說及得上我的……嗯，一半功力了。」

「依我看，你恐怕連球拍也反着拿吧。」婉瑩盯着均均說。

「你真的很厲害啊，」倪佩欣笑着望向諾行，「我可不知道你是打羽毛球的高手呢！」

只見陳諾行有點靦腆地笑了笑，說：「真……有這麼厲害嗎？我……在學校的體育課成績也是一般般的。」

「這和成績有什麼關係呢？」倩倩笑道，「你知道嗎？你打得那麼好，你應該加入學校的羽毛球隊呢！」

陳諾行驚訝地望向她，連忙說：「我……我真的可以？」

倩倩肯定地點着頭。

「但……但我想校隊應該不會接受我。」沒想到諾行卻突然沉下臉來，喃喃地說，「即使我加入了，我……連

話都不懂説，怎跟他們交流？」

倩倩立即走上前，伸出手，放在她的肩膀上。

「可能你沒有留意到，你現在跟我們説話，不是已經很流暢了嗎？」倩倩提醒道，「我想，你只有跟不熟悉的人説話時才會害怕，如果是朋友的話，就完全沒有問題了。」

陳諾行望着倩倩，怔了好久，最後露出了感激的眼神。

「我相信這只是時間問題。」倩倩補充道，「你要克服這一切，就要主動去和別人説話，剛開始時，你或許會説不出口；但我相信，只要你不斷努力，就一定可以漸漸適應，衝破障礙，成功把話説出口。」

陳諾行笑了，有點尷尬地擦了擦眼睛，然後問道：「你相信我？你相信我能辦得到嗎？」

「我相信。」倩倩説，「想想你用了多久就學會了踩單車？我相信你也很快能學會，如何在説話時不怯場。要知道，一旦你學會了踩單車，你就永遠都不會忘記怎麼踩；同樣道理，一旦你明白到和別人面對面交談並不是什麼大不了的事，那你就永遠都不會再害怕説話了。」

「謝……謝謝你。」陳諾行望了望倩倩，又望了望眾

人，「謝謝你們。」

大家都笑了。

「嘿，真的要謝謝我們的話，就讓我們重賽一次吧。」婉瑩笑着喊道，「而且這次你必須一個人對付我們兩個，那才會公平一點。」

陳諾行想了想，微笑着回答：「要不……倩倩過去你們那邊，你們三個對我一個吧，這樣你們的機會會大一點。不過……只是大一點點而已。」

「哇！好大的口氣。」婉瑩說，「好！我們奉陪。」

於是，倩倩、婉瑩和佩欣，便組成了團隊，迎戰陳諾行。

那麼結果如何呢？她們當然是輸了。

5

當他們終於盡興地離開球場後，便逕直來到了一個大型商場裏。

「我們……來這兒幹什麼？」陳諾行奇怪地道。

「還用問，」婉瑩說，「每一個女孩子每一天都必需在商場逛一個小時以上，這可是很正常的事！何況，今天

我們來，是為了幫你扮靚呢！」

「啊？為什麼？這⋯⋯不用了。」陳諾行連忙喊道。

「當然要，」婉瑩把諾行拖進一間時裝店裏，說，「放心啦，這兒的衣服很便宜呢，就連我這個零用錢少得可憐的人都買得起。」

「我不是這個意思啦。」諾行說。

「喂，姐姐。」均均說，「你不會是在暗示，諾行她的衣服不夠漂亮吧？」

「沒有夠漂亮，只有更漂亮。」婉瑩用自己想出來的「金句」反駁道，「你知道，我們現在是要讓諾行她變得更有自信嘛，只要她穿得漂漂亮亮的，自然就更有信心說話啦！不是嗎？」

「明明是你自己喜歡shopping而已。」倩倩拆穿她道。

「好啦好啦。」說着婉瑩揀了一大堆配搭的衣服，塞給陳諾行，「快點試試吧，不找到適合你的衣服，不準踏出這間店子哦。」

於是，陳諾行只好抱着衣服勉強地走進了試身室。

不一會兒，她從試身室裏走了出來。

T恤襯牛仔褲──普通了一點。於是她立即被婉瑩趕

回了試身室。

格仔恤衫加上卡其短褲——太男孩子了！婉瑩看了後也只能猛搖頭。

長袖藍色毛衣配白色裙——這可不是在上班呢。婉瑩喪氣地用手捂着臉。

連身長裙加上短外套——太隆重了，去參加舞會倒合適。這是婉瑩的評語。

就是這樣，差不多試了十幾套衣服後……

陳諾行再次從試身室裏走了出來。只見她穿着一件白色的間條T恤，外面套着一件短袖的粉紫色外套，還穿了一條沉色的中長裙。

這真的非常適合她，讓她看起來非常可愛呢。

「嘩，仙女下凡。」倩倩喊道。

「嘩，港姐出巡。」婉瑩則喊。

而至於均均一看，便紅了半邊臉，馬上望向天花板，不斷對自己說：「我已經有女朋友了，我已經有女朋友了，我已經有女朋友了……」

倪佩欣走上前去，拖着陳諾行的手，由衷地說：「你這樣穿實在是太漂亮了，恐怕很多男孩子都會被你迷倒呢。」

「真⋯⋯真的？」諾行有點不好意思地說，「謝謝。」

「這樣就太完美了！」婉瑩道，「你現在可以充滿自信地去和男孩子說話了，呃，老實說，他們看見你這麼可愛的樣子，根本就不會記得你說了些什麼；就算你一時之間說不出話來，那效果更好，男孩子只會認為你是個冰雪美人呢！」

「喂，你說得諾行現在是要去結識男孩子似的，」倩倩笑着說，「人家現在是要去找多點朋友，而不是要去找男朋友。」

「哎呀，穿得漂亮一點，無論是找朋友還是找男朋友都肯定會得心應手。」婉瑩一邊說一邊指着自己，「就拿我來說，朋友多得數不來，追求我的男孩子也不知道有多少，不就是因為我懂得打扮，加上我如花似玉的美貌⋯⋯」

剛好在喝水的均均聽了，「噗」地一聲把口中的水噴出。

「喂！你這是什麼意思？」婉瑩不滿地說。

「沒什麼。」均均連忙裝出一副正經的樣子來，「我只是剛剛想起了幾個成語，第一個是『不自量力』、第二

個是『自以為是』、第三個是『貽笑大方』……」

「你這小子！」婉瑩露出一臉兇相，捲起衣袖衝向均均。

均均一邊逃跑，一邊還在不斷地唸着：「『自命不凡』、『自鳴得意』，噢！還有一個是『不知天高地厚』……」

「你有膽就別跑！」婉瑩喊道。

看見這倆姐弟差不多要把時裝店弄得天翻地覆，倩倩只能搖頭歎息。

6

此刻，大家都倚在海傍的欄杆上，看着大海對面的美麗燈飾。

地平線上，無數鑲嵌在大廈上的「星星」組成了一條亮閃閃的、五彩繽紛的人造「銀河」，它們有的組成高大的聖誕樹、有的組成胖胖的雪人、有的組成拉着聖誕老人雪車的馴鹿……這些組合讓人眼花繚亂，幾乎每一刻你都會有新的發現。這景緻的壯觀與迷人，沒有任何言語能準確的形容，因此，在場沒有任何人有說話的意思，大家只

是靜靜地欣賞着、遐想着。

不過最後，均均還是忍不住詩興大發，喊了一句：「看見此情此景，我的人生已經完整了，真是死而無憾啊。」

「那我是不是可以把你推到海裏去了？」婉瑩回答，並作狀要推他。

「不急，不急。」均均忙道。

「哼！只懂得耍嘴皮子。」婉瑩說，「不過嘛，這的確漂亮極了，可以說為這充實的一天劃上了完美的句號呢。」

旁邊的陳諾行聽後，暗暗點頭同意。

是的，這真是非常完美的一天。她這樣想道。

在幾小時前，他們一行人在卡啦OK店裏，幾乎把所有大熱的流行曲都唱了個遍。雖然陳諾行她並不是太懂得唱歌，但都會和其他人一起打着拍子，偶然也會一起和唱着，玩得非常盡興。

在唱過K後，他們一起去附近的餐聽吃了一頓豐富的晚飯。然後，他們便慢慢地散着步，走到維多利亞港海傍，迎着清爽的海風，欣賞對岸的聖誕燈飾，一直坐到現在——少說也已經坐了一個小時以上了，但還是捨不得離

開。

　　陳諾行也不想這一天那麼快完結呢，即使不去玩、即使不去什麼特別的地方，只要繼續和倩倩這朋友呆在一起，就已經足夠了。不過，也不要緊，今天完結了，還有明天、後天、大後天呢⋯⋯

　　想到這兒，陳諾行臉上露出了發自心底的微笑。

　　「嘩，原來已經差不多十點鐘了，」均均看着手錶說，「這下回去一定被爸媽罵了。」

　　「噢，對了。」婉瑩也醒覺似地說，「我們必需在十一點前回到家去呢。」

　　「你們的父母對你們那麼嚴格嗎？」倪佩欣奇怪地問。

　　「不啦，這是我們趙家的家規。」婉瑩解釋道，「這完全是針對我那頑皮的弟弟，要是讓他那麼晚還在外邊遊蕩，肯定會闖上不少禍。這下完了，從這兒坐巴士回去至少要花一個多小時呢！肯定會被罵了。」

　　「你們可以坐小巴啊，」佩欣這時說，「我知道有一條路線的小巴，可以直接回到你們家附近，雖然稍微貴一點，但至少可以節省半小時呢。」

　　「那就好了，幸好有你在。」婉瑩鬆了一口氣。

　　「原來如此啊。」這時倩倩彷彿想到了什麼似的，喃

喃自語道。

「什麼？」婉瑩聽見後，便問道。

「啊，沒什麼。」倩倩回答，「只是突然想起一些事情。不過還是明天再説吧，我可不想下輩子長長鼻子。」

「完全不知道你在説啥……」婉瑩説，「好啦，我們都該回家去啦。佩欣你的家離陳諾行比較近，就麻煩你送她回去囉。」

「沒問題，包在我身上。」佩欣説。

就在眾人要分別時，陳諾行突然問道：「嗯，我們以後……或者偶然也一起出去玩吧，可以嗎？不過，如果太花大家時間的話……就不用了。」

「你在説什麼話？」婉瑩喊道，「我們明天還要一起出去呢！你知道，你今天只是買了一套衣服，這可遠少於我每天的平均買衫數量。明天你一定要跟我去掃貨。」

「是啊，」均均也和應道，「我們明天還有很多活動呢！去畫室繪畫、去打乒乓球、去吃雪糕。你應該也會一起來吧，除非你有其他事情要做？」

「沒有！」陳諾行連忙道，「當然沒有，我一定到。」

「那明天早上再打電話聯絡吧，不要睡過頭哦。」倩倩説。

「一定。」陳諾行笑着回應道。

於是，他們便在一片歡笑聲中道別了。

第六章 顯示為離線

1

第二天早上，陳諾行起得特別早。

如果在平時假期的時候，她肯定會睡到十二點之後，才慢悠悠地起來，隨隨便便吃過中午飯後，便在電腦前面度過一整個下午。

但今天，她卻像期待什麼似的，沒到八點便已經睜開了眼睛，急不及待地刷好牙、洗好面、穿戴整齊，然後坐在牀邊，盯着鬧鐘，等待着倩倩他們的電話。

很快，我便又可以和朋友一起出去玩了。她心想。

對陳諾行來說，一直以來，只有寥寥的幾件事能值得她期待。例如有一次，她還在讀小學時，爸媽終於答應帶她到海洋公園玩，在之前的那一晚，她高興得睡都睡不着，結果第二天還是帶着一雙「熊貓眼」去的；還有另一次，她和家人準備由小屋搬大屋，之前那天，他們全家一起收拾東西，幾乎收拾到半夜一兩點，但諾行卻完全不感

到累，心裏只充斥着興奮的心情⋯⋯

除此之外，她就從沒試過如此期待一件事情的發生了。

當然，還有一次——那就是她和「向日葵」剛成為朋友的那天晚上，她也是高興得睡不着覺，她只希望第二天趕快來到，待「向日葵」上線後，她們便可以繼續談天説地了。

現在想起來，那種期待讓人感到有點可笑。

陳諾行又怎麼可能想到，這個「向日葵」，其實根本就不想和她交朋友？

就在前天，當她意識到「向日葵」的真正目的後，整個晚上都輾轉反側，還忍不住哭了好幾次。她真的不敢相信，這個曾被她當成是唯一知己的「向日葵」，竟然是個可惡的騙子！

雖然她不想承認，但倩倩説得對。「向日葵」她，的確曾經裝作無意地問過她，是不是曾經目睹過學生被人欺負，甚至還問，如果她見過，那麼這個人是誰。當時，雖然「向日葵」多次追問，但陳諾行因為種種原因，並沒有把王志傑那件事説出來。現在她才意識到，這才是「向日葵」接近她的真正目的——想探聽她的口風、想套出她的話，想知

道她到底有沒有目睹，撕毀測驗卷的人到底是誰。

事實上，她的確看見了。

陳諾行還記得，那天她像平時一樣放學，差不多走到地鐵站時，才突然發現自己忘了拿錢包。沒有錢包，她根本就坐不了地鐵，於是她只好立即趕回學校去。而這，就是她急急忙忙地衝進學校大門的原因。

但她怎麼都想不到，自己會在課室大門外，看見那件可怕的事。

她從課室大門的玻璃窗上，親眼目睹那個人站在王志傑的座位前，把他的測驗卷撕得粉碎。

那一刻，她害怕極了，迅速逃離走廊。或許就在這時，那個人也聽見了她的腳步聲吧……她不知道，她只是被那人撕測驗卷時兇狠的表情所嚇怕了，只懂沒命地逃，逃出了走廊、逃出了校舍，一直到地鐵站附近，才停了下來。

那天她並沒有拿回自己的錢包，最後，她是走回家的。雖然只是幾個站的距離，但仍然花了她一個多小時，差不多吃飯的時候，她才回到家去。

然後第二天，她便聽說了王志傑的事情。

但沒有，她沒有把她所看到的事告訴任何人。

後來，似乎有人曾經看見她回到過學校，並把這件事

告知她的班主任；於是，為了調查真相，老師曾經把陳諾行叫到辦公室去，向她詢問這件事。

但沒有，她仍然沒有把這一切告訴她的班主任，她在整個過程中，只是在不斷地搖頭，既不承認自己曾回過學校，也不承認自己看見任何事情。最後，班主任只好不再追問下去。再之後，這件事也就不了了之。

在倩倩再次調查之前，陳諾行幾乎已經完全忘記了這件事。

為什麼她不肯把犯事者的身分告訴別人？

關於這點，陳諾行她自有原因。

她有自己的想法。不過，即使她想，她也不知道該怎麼向別人解釋。她明白倩倩她們決心要把撕毀測驗卷的人揪出來，但是，她不希望倩倩成功，她不希望犯事者的身分被公諸於眾。

即使那個犯事者真的以「向日葵」的名義欺騙了她，她也不想說出那人的身分，她不想。

倩倩她們肯定對此感到無法理解吧。不過，或許她們遲早都會明白的⋯⋯

此刻，陳諾行只想把那個撕測驗卷的人、把「秋天的向日葵」統統拋在腦後。她只想和她的朋友們一起，無憂

無慮地度過另一個難忘的假日。

帶着這樣的想法，陳諾行打開了她的電腦；離倩倩他們來電，說不定還有好長一段時間呢，她本來只是想上一會兒網，打發打發這些時光……

她的電腦被打開後，便自動地登入了Skype。

陳諾行難以置信地望向好友列表。

只見「秋天的向日葵」的名字赫然出現在上線的名單中。

在消失了整整四天後，「秋天的向日葵」回來了。

陳諾行怔了好一會，最後，才伸出顫抖的雙手，發出四天來的第一個訊息。

2

請告訴我，你真的是想跟我交朋友嗎？

 ……

你為什麼不說話？

 ……

你之所以和我成為朋友，只是為了套我的話嗎？你就是那個撕毀測驗卷的人？

 ……

拜託你告訴我吧！我真的想知道！

你自己明明已經知道了，又為什麼要問我呢？

你這是什麼意思？

還用問嗎？我的確只是來探聽你的口風。

真的？這全是真的？我不敢相信！

是的，這是真的。當你和你的朋友來我的家查問我的不在場證據時，我真的嚇了一大跳。我還以為你已經跟他們說出了一切。不過，看來他們沒有特別懷疑我。

我沒有說，我沒有說出來。

那才識相。如果你說出來，我可不會放過你。

你為什麼要這樣做？為什麼要用假身分來欺騙我？你知道嗎？我真的把你當成了知己！

真是個天真的女孩。別人沒告訴你，千萬不要輕易相信網上的人所說的話麼？

你知不知道，這樣做是錯的！你讓我傷心透了！

有時候，你要達到某種目的，就要不擇手段。我想知道你有沒有目睹我做的事，但我知道直接問你，你肯定不會承認，所以便被逼用這種方法來接近你了。哼哼，老實說，你這個人還真好騙呢。

不！你怎可以這樣對我？難道你就沒有一點兒良知嗎？

隨便你怎麼說吧，老實說，這又有什麼大不了的，我可一點也不內疚。

不！我不敢相信，這是我一直以來所認識的向日葵嗎?!

當然不是。一直以來我和你說的話，都只是些東拼西湊的東西，大部分來自那個倪佩欣的日記，除此之外的東西，也是我即興創作出來的，當然沒有一句話是真的。

那麼一直以來，你都沒有把我當作朋友？

132

你到底煩不煩？這不是很明顯嗎？我只是為了套你的話而已，除了想知道你有沒有看見我撕毀測驗卷，就沒有其他目的了。

那，你為什麼要撕毀王志傑的測驗卷？真的只是為了他所説的那幾句話？

 還有其他原因嗎？那傢伙竟敢詆毀我們，説我們是一羣找不到工作的人，他實在是太過分了。我必須替其他人爭回這一口氣，所以便給了他一點小小的教訓。這沒什麼大不了的。

沒什麼大不了？你幾乎把他逼得自殺啊！難道你對此沒有感到一點兒內疚嗎？

 沒有，雖然在撕毀王志傑的測驗卷後，我的確曾經有點兒害怕——害怕被別人發現，但是，我可毫不後悔。那傢伙可是咎由自取，這一切都是他的錯，如果他沒有激怒我們，我又怎會針對他？

133

你怎可以這樣説！你就連一點兒同情心都沒有嗎？何況他根本沒有一點兒要得罪你的意思！這都是誤會！他不過是患有輕微的心理疾病，所以才會那樣回答你們！

就像你一樣是吧？不好意思，要我喜歡你們這種人，我可辦不到。現在我已經知道你看見了什麼，我想我們的談話就此結束吧，反正我也不想再假裝和你是朋友了。

不！請等一等！

我們沒有什麼好説的了。對了，給我聽着，你可絕對不可以把我的身分告訴任何人，不然的話，我不高興起來，説不定會撕掉你的測驗卷、剪爛你的背囊、砸壞你的電腦！你最好永遠閉上你的嘴巴，不然，別怪我沒有警告過你。

不，等等！我還有話要問你！

134

聯絡人名單上顯示「秋天的向日葵」已經離線。

任憑「灰色小兔」送出什麼訊息，「秋天的向日葵」都沒有回應。看來，「秋天的向日葵」把「灰色小兔」封鎖了。

3

此刻，陳諾行再也忍不住了，眼淚奪眶而出。

雖然這一切早就已經從別人的口中得悉，雖然早就已經有了心理準備，但當她直接面對這個殘酷的真相時，還是發現自己接受不了——一直以來陪伴她的、一直被她當成知己的人，根本就是一個幻影、一個假像、一個戴着假面具的騙子。那個對她關懷備至、體貼入微的「向日葵」，根本就不存在。

陳諾行不禁想起，在那百無聊賴的星期六晚上，「向日葵」和她一起聊自己喜歡的電影，一直聊到凌晨三點都不肯睡覺；她不禁想起，在派發成績的那天，她排進了班級的前五名，「向日葵」如何用各種俏皮話向她道賀，讓她心裏甜滋滋的；她不禁想起，當自己被同學排擠而感到失落時，「向日葵」又怎麼鼓勵她、替她打氣，讓她覺得，即使整個世界的人都與她為敵，還是肯定會有一個朋

友義無反顧、奮不顧身地站在她的身後，替自己加油……

「向日葵」曾是她友情上的唯一寄托，但到了最後，她才發現，這一切一切，都只是個天大的謊言。

陳諾行終於崩潰了，放聲哭泣起來。

客廳裏的電話響了一次又一次，但在極度的悲傷中，她完全沒有留意到。

她的父母已經上班去了，因此，沒有任何人去接電話。

電話停了一會，又再次響了起來，這次足足響了三十多次，最後，在沒有任何人搭理的情況下，電話聲終於沉默了。

4

倩倩把電話放下。

此刻，她正身處在自己的家中，均均和婉瑩兩人則坐在旁邊。

「還是打不通，」倩倩有點擔心地說，「真奇怪。」

「奇怪個什麼？現在才八點半多一點，人家恐怕還沒醒呢。」婉瑩則說。

「響了這麼久，應該連聾子都聽得見了。」倩倩搖了搖頭，「我覺得有點兒不妥，我想我們應該馬上去陳諾行的家找她。」

「我們離她家很遠呢，」均均嘟着嘴，「坐車最快也要一個多小時。」

「也對，」倩倩想了想，「倪佩欣離她比較近，或許我應該打給她，叫她去找陳諾行。」

婉瑩露出一臉古怪的表情，問道：「怎麼啦？我不覺得這有什麼好擔心的，她昨天還和我們玩得挺愉快。放心吧，沒事的。」

「我不知道，」倩倩一邊撥打電話，一邊回答，「或許只是我多心，但還是叫她去查看一下比較好。」

很快，電話就撥通了。

「佩欣？」倩倩叫道，「是的，我是歐陽小倩，你能去陳諾行的家中看看嗎？」

5

倪佩欣在十分鐘後，便來到了陳諾行的家門前。

足足按了七、八下門鈴後，陳諾行才終於前來應

門。不過，她只是把門打開了一條小縫，語帶哭音地說：「對……不起，走吧，我很想一個人靜一靜。」

只見，此刻陳諾行已是滿臉淚水，眼睛紅得厲害，聲音沙啞，明顯剛剛才大哭過一場。

「天啊，諾行。」佩欣驚叫道，「到底發生了什麼事？」

「請……離開我吧，我現在……真的……」陳諾行說着，眼睛又濕潤了。

「不，」佩欣立即道，「不管發生了什麼事，現在你最需要的，是朋友的陪伴。就算你不想解釋，也求求你，讓我進來吧。」

陳諾行望了她半响，終於不再固執了，把門打開，讓佩欣進入屋子。

佩欣扶着諾行走回房間，讓她在椅子上坐下，然後拖着她的手，關心地問道：「好了，一切都會沒事的。現在，

能不能告訴我，到底發生了什麼事？昨天晚上，你的心情明明還是很好的，為什麼過了一個晚上，就突然變得那麼糟？」

「我⋯⋯」陳諾行欲言又止，「我不⋯⋯」

倪佩欣望向旁邊的電腦。只見Skype的對話框還沒關，佩欣拿起滑鼠，把剛才的對話從頭到尾看了一遍後，便立即回頭對諾行說：「那個『向日葵』又來找你了？對不對？真有膽子啊，這傢伙辜負了你的信任，現在還有臉來找你聊天！」

陳諾行只是搖着頭，一句話也說不出來。

「聽着，諾行。」佩欣這時半跪在地上，把手放在陳諾行的左肩上，誠懇地說，「請你告訴我，那個人到底是誰？」

陳諾行猛地抬起頭來，望了佩欣幾秒鐘，便用力搖着頭。

「求求你，告訴我吧！」佩欣幾乎是在央求了，「那個傢伙這樣對你，你也要護着那人？這個人，不但恣意地破壞別人的物品，差點讓一個人失去寶貴的生命，還冒充網友接近你，向你套話，無恥地欺騙你的感情。這樣一種人，必須為自己的所作所為負上所有責任！」

「請不要逼我……我真的不想……」陳諾行閉上眼睛，用手捂着耳朵。

佩欣這時表情變得很嚴肅，一字一句地說：「聽着，諾行，你必需把這個人的名字說出來。你這樣做，不但是要讓那個人得到應有的懲罰，也是要避免更多的弱者被那個人欺負啊。你明不明白？」

陳諾行睜大了眼睛，望向佩欣。

「那個人在做出那種過分的事情後，根本就毫無悔意，」佩欣繼續道，「對於那人來說，欺負別人、欺騙別人這種行為是完全沒錯的，而在不久的將來，肯定還會重蹈覆轍。王志傑在這件事裏，幸好沒有自殺成功，保住了生命；但在以後，很可能會有其他同學因為被那人欺負，而做出同樣的事情，那時候，受害者或許就沒有那麼幸運了……」

陳諾行聽後，心裏不禁感到不寒而慄。

「所以，我們必須讓那人知道自己的錯誤。」佩欣說，「一旦那人知道壓逼弱者會有什麼嚴重後果後，才可能會改過自新！一旦那人知道恣意攻擊別人會被社會所唾棄後，才會停止這種可怕的行為！」

只見諾行不斷地眨着眼睛，猶豫不決起來。

「所以，請把那人的名字說出來吧。」佩欣望着她，「這樣做不但幫了你，幫了王志傑，也幫助了那些可能的受害者啊。」

過了很久，諾行還是沒有說話。

但最後，她還是開口了。

她說出了一個名字。

6

當倩倩他們三人趕到後，已經是差不多一個小時後的事了。

陳諾行垂頭喪氣地把大門打開，讓一眾人進入家中。

「你看起來糟透了，」倩倩看見她的模樣，心痛地問，「到底發生了什麼事？佩欣呢？她沒有來找你嗎？」

「她……已經來過了。」陳諾行慢慢地走回自己的房間中，坐下，「不過，她早就離開了。我不知道……我不知道這樣做到底對不對。天啊……真希望我的決定是對的。」

「什麼是對的？」倩倩忙問，「你的話，到底是什麼意思？」

「我……」陳諾行望了望房間中的電腦，「我把那個人的身分告訴了她。」

「那個人？」婉瑩喊道，「你是説那個破壞測驗卷的人？啊，這就好了，你應該早就説出來嘛。告訴我吧，那人是誰？我要去把這傢伙打個落花流水。」

「不，你們不明白……」陳諾行歎着氣説，「我不肯把那人的名字説出來，是有我的原因的。即使到了現在，在把名字告訴佩欣後，我還是很後悔……我不應該這樣做，我不應該把一切都歸咎於那個人……」

「你在説什麼啊？」均均愠道，「那個人是應有此報呢。不過，儘管你不願意，也請你告訴我們吧。反正，你都已經告訴了佩欣，我們遲早都會知道。」

「不，」陳諾行還是很抗拒，「我不想説……」

「是張俊斌，對不對？」倩倩突然道，「撕毀測驗卷的人，就是他，不是嗎？」

陳諾行聽後，驚訝不已。

「你……怎麼會知道？」她問道。

「我是在昨晚突然想到的。」倩倩解釋，「佩欣昨晚曾經説過，坐小巴比坐巴士要快得多，至少可以節省半小時以上的時間。於是，我便想，沒錯，張俊斌坐巴士的

話，的確要花上四十分鐘，但他回家的路上有其他更快的交通工具嗎？我昨晚立即調查了一下，發現只要坐較貴的專線小巴，他只需二十分鐘就回到家了。所以，事情很簡單，張俊斌和大家分別後，在眾人面前上了巴士，過了一個站後下車，跑回學校，找機會撕毀測驗卷，然後再坐小巴準時回到家。」

　　「但是，這也只能代表他的不在場證據不夠充分而已啊！」均均思索着問，「無法證明他就是撕毀測驗卷的人吧。你又是怎麼知道的？」

　　「在知道張俊斌失去了不在場證據後，我便把他前天的證詞重新審視了一遍。」倩倩繼續道，「很快我便發現了一個有趣的細節。張俊斌曾經說過王志傑他『吵不過別人就哭鼻子』，但我仔細回憶過所有人的證詞後，卻明明記得，當他們四個人離開課室時，王志傑並沒有哭！而在佩欣清潔好課室後，準備離開時，王志傑才『淚汪汪』，『開始小聲地啜泣』。問題就來了，為什麼張俊斌會說王志傑『哭鼻子』呢？除非，他在離開後，又折返回課室來，偷偷地看見王志傑哭泣，才有可能知道吧。所以，我便知道撕毀測驗卷的人就是他。」

　　「是的……撕毀測驗卷的人，就是張俊斌。」諾行這

時承認道，「但我仍然不肯定，大家到底應不應該知道這個事實。」

「那麼，到底發生了什麼事？」倩倩關心地問，「你為什麼突然變得這樣傷心？能告訴我們嗎？」

陳諾行沒有回答，只是指了指電腦屏幕。

三人於是立即湊上前查看。當他們把對話看了一遍後，才明白了事情的緣由。

但倩倩卻似乎還有其他的想法，她打開Skype中，諾行和「向日葵」過去的對話記錄，仔細地看着。之後，她站了起來，一邊思考，一邊在諾行的房間裏踱着

步。大家看見她認真的樣子，都有點疑惑。

終於，均均忍不住問道：「倩倩姐姐，你到底在想些什麼？」

倩倩聽後，便停了下來，向陳諾行問了一個問題。

「倪佩欣離開時，有沒有說她要到哪兒去？」她問。

「她……説她要去學校辦點事。」陳諾行露出奇怪的表情，「為什麼這樣問？」

只見倩倩一臉凝重。

「諾行，」她突然説，「我想，我知道『秋天的向日葵』到底是誰了。」

「啊？」婉瑩叫道，「你在説什麼？『秋天的向日葵』不就是撕毀測驗卷的人嗎？就是張俊斌，不是嗎？」

「不！」倩倩望着目瞪口呆的陳諾行，「如果我的猜測沒錯的話，『秋天的向日葵』的真正身分，是倪佩欣！」

錯誤的正義

1

倪佩欣和另外三人，現正身處於培進中學的電腦室裏。

這三個人分別是陳建倫、賴雪玲和韓光輝。

「好吧，我真不明白，」陳建倫站在課室一角，不滿地踱着腳，「你這麼急把我們叫到這兒來，到底是為了什麼事？我待會兒要去打籃球呢！」

「請再等一等，」只見倪佩欣坐在一部電腦前，雙手不停地在鍵盤上輸入着文字，「等到張俊斌來到後，我們就可以繼續了。你知道，他住得比較遠。」

「我不明白，繼續些什麼？」賴雪鈴不耐煩地坐在一張桌子上，「你説你有一件很重要的事要宣布，我們才來的。如果你現在不説的話，我們就走了。」

「求求你們了。」佩欣從電腦屏幕前抬起頭來，「這件事真的很重要，我保證，不會浪費你們很多時間。」

「你從剛才開始，就一直不知道在打什麼，」陳建倫說着好奇地走上前去，「你到底在幹什麼啊？」

「嘿！」佩欣忙把電腦屏幕轉了個角度，神秘地笑着，「關於這個，你們暫時不能看，不過，再等一會兒，你們就會知道了。」

這時一直沒說話的韓光輝開口了：「你要說的事，不會是和一年前那件事有關吧？」

只見賴雪鈴和陳建倫互相對望了一眼，然後又一起望向倪佩欣。

「可以這樣說吧。」佩欣聳了聳肩。

「我都說了，」韓光輝皺着眉頭說，「我們沒有撕毀王志傑的測驗卷！到底要我們說多少次，你和你的幾個偵探朋友才會明白？」

「是的，『你們』並沒有撕毀王志傑的測驗卷，我很清楚，你們三個人並沒有這樣幹。」佩欣笑道。

「等等，」陳建倫喊道，「你這是什麼意思？你不會是指……」

說來也巧，就在這個時候，張俊斌剛好打開了電腦室的大門，溜了進來。

「嘿！我來了。」他表情輕鬆地說，「好了，佩欣，

這麼一大早叫我們來這兒，到底是為了什麼事啊？」

佩欣站了起來，笑瞇瞇地望向張俊斌，説：

「不就是為了向大家宣布，你就是那個逼得王志傑幾乎要自殺的人嘛。」

聽了這話後，在場所有人都怔住了，不發一言。

過了好久，張俊斌才僵硬地笑了笑：「喂，等等，這是在開什麼玩笑？」

「我可不是在開玩笑。」只見佩欣的表情突然變得無比嚴肅，「陳諾行已經告訴我了，她親眼看見，你在那天放學後，偷偷把王志傑的測驗卷撕毀！」

「陳諾行？」張俊斌驚訝地重複着這個名字。

她在當時親眼看見了自己的行為？這怎麼會！張俊斌這樣想着。對了，那腳步聲，在他破壞測驗卷後，曾聽見課室外的走廊上傳來了急促的腳步聲，難道，難道那就是陳諾行？

「是她？她什麼都看見了？」張俊斌喃喃道。

「這麼説，真的是你？」韓光輝厲聲問道，「真的是你撕毀了測驗卷？」

「我……」張俊斌望向自己的三個朋友，「我只是一時的氣憤。我本來只是不服氣，想回學校去再罵他幾句

話。但當我看見他離開了課室時，一個突然的想法便鑽進了我的腦子中，所以我……」

「所以你就把他的測驗卷撕碎？」賴雪鈴激動地說，「你啊！你知不知道這樣做會有什麼後果？你差點令王志傑自殺！」

「我怎麼會知道！」張俊斌一臉痛苦地說，「第二天當我聽說發生了什麼事後，我立即就後悔了！我本來想去找老師認錯的……不過，不過我最後還是沒膽子，便把這件事瞞了起來。」

「哎，你啊！」就連陳建倫也歎着氣道，「真是個膽小鬼，有膽子做、沒膽子承認，最後還把大家都拖進了水中。」

「我真的知道錯了！」張俊斌喊着，「當我知道自己的行為對王志傑造成什麼傷害時，我真的希望去補償他，但那件事發生後，他便一直沒有來上學，之後還退學了，我就連寫一張匿名道歉信給他的機會也沒有。」

其他人還想說什麼，倪佩欣便開口了。

「你想作出補償嗎？現在便有機會了。」她說，「現在，你應該把自己的所作所為告訴全世界，然後公開向王志傑道歉！」

張俊斌聽後，支支吾吾地説：「我……我不……」

「你不敢是嗎？」倪佩欣罵道，「我就知道你是這種無膽匪類，既然你自己沒膽承認，就讓我來幫幫你吧！」

説着，她把電腦屏幕轉了過去，面向其餘四人。

張俊斌一看，便大驚失色。

只見屏幕上的，是一個瀏覽器視窗，網址是一個香港著名的討論區。目前所顯示的，正是「發表新話題」的頁面。

而在標題列上，被輸入了一行刺眼的話：無恥惡霸逼自閉症學生自殺，事後完全沒有受到譴責，請把這個話題轉載出去，還受害者一個公道！

至於內文，則詳細地説明了一年前那件事的前因後果，強調了欺凌者的所作所為，和受害者所受到的嚴重傷害。而最重要的是，文章中毫無保留地説出了張俊斌的名字，所就讀的學校，和其他個人資料！

可想而知，當這篇文章被發表到討論區後，張俊斌會受到多少人的指責。

這簡直就是一場法律以外的公審。

「天啊！你不能這樣做！」張俊斌大喊，「請你放過我吧！你知道網絡有多大的影響力，這樣下去，我根本就

不用見人了！」

「這正是你應得的報應！」倪佩欣厲聲道，「只要我按下這個遞交按鈕，你的行為、你的人品，就會被全香港、全世界的人知道得一清二楚！」

「不要！求求你了！」張俊斌哀求着說，「你這樣做會毀了我的！前一段時間，我下定了決心努力讀書，成績已經進步了不少。下個學期，我還打算轉到一間好點的中學就讀！你這樣做的話，那間學校還會要我嗎？」

「哼，你的事被大家知道後，你在培進中學還能不能呆下去都是問題。」倪佩欣一臉鄙視地說，「轉到名校去？你就別作夢了。」

「佩欣，你這樣做，似乎過分了點。」這時，韓光輝開口了，「張俊斌他雖然犯了錯，但卻不至於得到這樣的懲罰。你能不能放他一馬？」

「是啊，」賴雪鈴也替他求情道，「人家也知道錯了，就算了吧。」

「算了？」佩欣大聲質問道，「他幾乎讓一個無辜的人自殺！這是一件可以隨隨便便就忽略的事情嗎？他聲稱自己後悔了，只是嘴上說說而已，根本就沒有負上任何責任！這就可以算了？讓大家知道他的錯誤，又有什麼問

題?」

「唉，這個⋯⋯」陳建倫勸道，「讓我們去找王志傑，要俊斌親自向他道個歉，不就行了嗎？你這樣把事情弄大，有什麼意義呢？」

「不，這樣當然不夠，」倪佩欣搖着頭，「我可不能讓他逍遙法外，但既然王志傑的父母不打算追究，所以法律也就無法懲罰張俊斌了，那麼，唯一能懲罰他的，就是網上民眾的口誅筆伐。我這樣做，也是逼於無奈。」

「請⋯⋯不要⋯⋯」這時張俊斌已經急得快哭了。

「這是你自己的錯！」倪佩欣說，「你必需為自己所做的一切負上責任，所以，你是罪有應得！」

說着，佩欣便準備按下滑鼠的按鈕⋯⋯

「等等！」

倪佩欣回頭一看，只見倩倩、陳諾行、婉瑩和均均四人，不知何時已經站在電腦室的大門口了。

「哦，你們來得正好。」佩欣微笑道，「張俊斌已經承認了一切。我正要把他的劣行發布到網上去呢！」

「請等一等，」只見倩倩說，「在這之前，我們還有一筆帳要算。」

「嗯？」佩欣奇怪地說，「我不明白你在說什麼。」

「我想你明白的，」倩倩站前了一步，「我是指你之前對陳諾行所做的事，倪佩欣，又或者應該說——『秋天的向日葵』。」

2

聽見倩倩的話，佩欣並沒有什麼激烈的反應。

「這麼說，你們已經知道了。」她別過臉去，望向電腦屏幕，「這也沒關係，反正你們遲早都會發現，『秋天的向日葵』並不是張俊斌。我只是不明白，你們為什麼會這麼快知道？」

「幾個線索，」倩倩對她說，「第一，陳諾行曾說，『向日葵』前往旺角地鐵站只需要十分鐘，就是因為這樣我們才會找上你。開始的時候，我們以為『向日葵』參考了你的網絡日記，所以才會知道這一點。但實際上，在你的網絡日記中根本就從未提過類似的事，也就是說，『向日葵』的家離旺角地鐵站的確只有十分鐘車程——而你本人符合這一點。」

「這也說明不了什麼，」佩欣揚了揚眉，「很多人都符合這個條件。」

「第二，」倩倩繼續道，「我仔細看過諾行和『向日葵』以前的對話記錄，我感覺『向日葵』的話，字裏行間都透露出這是一個慎密、心思細膩的人，這和張俊斌的性格完全不符，甚至和賴雪鈴、陳偉倫兩人也對不上號，所以我才認為『向日葵』如果不是韓光輝的話，就一定是倪佩欣你。」

「就只有這些理由嗎？」佩欣輕蔑地說。

「第三，你在昨天早上，和我們一起做曲奇時，你看見婉瑩所做的明星樣子的曲奇後，曾說過一句『你可別詆毀人家的偶像』。既然你說是『人家』，自然就不是指自己了。你並不熟悉我、婉瑩和均均三人，所以你只可能是指陳諾行。但你們雖然是同學，你一直以來都和她不熟，又怎麼可能知道她喜歡哪個偶像？而根據對話紀錄，『向日葵』本人對這一點卻知道得清清楚楚。所以，這就說明，你就是『向日葵』。」

佩欣歎了一口氣。

「好吧，我的確欺騙了陳諾行，以『向日葵』的身分接近她，試圖向她套話，希望她把破壞測驗卷的人告訴我。」

陳諾行望着倪佩欣，心如刀割。

「這麼説，當我們跑上門來找你時，其實是找對了人？」均均大叫，接着又自言自語地小聲道，「這下我可要洗三個月廁所了。」

「你為什麼要這樣做？」婉瑩質問佩欣道，「你為什麼一定要用這種過分的方式來哄騙她？」

佩欣聽後，猛然喊道：「別説得我是個罪人似的！我又有什麼辦法？只有這個方法，我才能知道撕毀測驗卷的人是誰！才能主持正義，讓他得到應有的懲罰！你以為我真的很想去騙一個女孩子的感情？我只是逼不得已！」

「你怎麼會知道陳諾行目睹了那件事？」倩倩這時問。

「那天，當我離開學校後，我親眼看見陳諾行急急忙忙地跑回學校去。」倪佩欣説，「當那件可怕的事情發生後，我才意識到，陳諾行返回學校的時間，正好和測驗卷被撕毀的時間一樣！當然，我肯定這件事不會是陳諾行幹的，只可能是那四個人之一，但陳諾行説不定會看見什麼——她説不定會看見撕毀測驗卷的人是誰！」

佩欣接着説。

「之後，我把這件事告訴了我們的班主任。而他也曾經把陳諾行叫到辦公室去，向她詢問過這件事。但結果卻

令人失望，陳諾行她，一句話也不肯說。但我肯定，她一定知道犯事者的身分，她只是不想說出來而已！」

「所以，你就通過網絡來接近她？」倩倩問。

「在事情發生後，我一直都在暗中進行調查，想知道撕毀測驗卷一事，到底是誰的所作所為，但一直都毫無進展。」佩欣回憶道，「而破案的唯一辦法，就是從陳諾行口中把那個名字問出來，但她連話也不跟別人說一句，我又應該從何下手呢？直至有一天，陳諾行要轉校了，同學們都循例和她交換填了紀念冊，當我看見了她所填的Skype資料後，我便有了主意！要知道，我曾經在一份科普雜誌上，看過和選擇性緘默症有關的症狀，患有這種病的人，雖然害怕說話，但要他們通過間接的方式來和別人接觸，卻一點問題也沒有。也就是說，通過網絡對話的形式，我或許就能暗中向她套話了。」

「於是，我在準備好一切後，便開始通過『秋天的向日葵』的名字，和陳諾行成為了朋友。」佩欣繼續說了下去，「為了不讓她懷疑，我還刻意製作了和『向日葵』有關的blog和Facebook等頁面，讓這個身分看上去更真實；同時，我也一直努力地克制着，小心翼翼地避免提及和事件有關的話題。直到很久以後，她對我完全信任後，

我才終於裝作不經意地問及，她有沒有目睹過同學被別人欺負。我甚至不指望她會把名字說出來，我只需要知道對方是男是女、是高大還是瘦小、是不是一個沉默寡言的人……這樣就已經足夠了。但讓我無比失望的是，陳諾行她根本就不願說這個話題，就連提也不願提！於是，我只好放棄了，便把所有和『向日葵』有關的資料刪除，然後無聲無息地消失。」

倪佩欣說着望向倩倩。

「我本來以為，沒人會知道『向日葵』的真正身分。雖然我的一切對話都取材於自己的網絡日記，但這些網絡日記都儲存在學校網絡裏，只有本校學生才能觀看，而陳諾行已經轉校，是不可能會看見的，也自然無法查出『向日葵』和我有什麼關係了。但想不到，她卻找上了你，而你也竟然如此神通廣大，僅憑幾句記憶中的對話，就找出了『向日葵』的住址！當你們突然出現在我的家門前時，我真的驚訝得說不出話來！」

「不過，你卻成功地讓我們認為，『向日葵』另有其人。」倩倩說。

「是的，」倪佩欣苦笑道，「你的腦筋轉得很快，但我的腦筋也不差。我迅速想到了一個兩全其美的方法

——既能把你們的注意力引開，同時也能讓你們幫我找出破壞試卷的人是誰。我知道你是個有名的偵探，以你的能力，説不定能在我失敗的地方成功。於是，我堅持自己不是『向日葵』，聲稱有人在利用我的網絡日記來欺騙陳諾行，把你們的懷疑引到這四個人身上，並引導你們相信，這個破壞測驗卷的人，和騙陳諾行的是同一人。」

「你還假裝不相信這四人和事件有關。」婉瑩皺眉道，「演技不錯嘛。」

「謝謝，」佩欣毫無表情地回答，「於是，我便和你們一起進行調查，離真相也一步一步地越來越接近了。最後，你們甚至在校工的口中問出，陳諾行那天曾經回過學校來，知道她很可能看見撕毀測驗卷的人是誰！我本來想，這一次，在這麼多人追問下，她肯定會説出來了吧。沒想到，她卻仍然不肯説！同時，調查的工作也並不順利，我們無法通過不在場證據排除出真正的犯事者……眼看就要失敗了，我便再也忍不住，決定孤注一擲！」

「於是，你再次以『向日葵』的身分上線，並假裝成犯事者！」倩倩説。

「是的，我沒有其他方法了。」佩欣望着陳諾行，「儘管這樣會傷害你，那也是沒有辦法的事，我必須逼你

說出來。我把自己假裝成撕毀測驗卷的人，並表現得毫無悔意，讓你下決心把名字說出來。」

「而你也成功了。」婉瑩憤怒地說，「你成功軟硬兼施，讓陳諾行把那個人的名字告訴你。你的目的達到了！」

「我的目的？」佩欣一臉錯愕，「什麼叫做『我的目的』？難道這一切都是為了我自己嗎？我這是為了公理！張俊斌他做出這樣的事，就應該受到懲罰！」

「即使這樣會傷害一個女孩子的心靈，也沒問題嗎？」倩倩叫道。

「沒問題！」佩欣喊，「這是為了讓正義得到伸張！老實說，陳諾行她不肯把犯事者的名字說出來，難道也是對嗎？她這樣做，也對王志傑不公平，也對大家的知情權不公平！我只是做我應該做的事而已！」

聽了她的話，眾人一時無法反駁，都沉默了。

「我只是……在做我應該做的事。」佩欣小聲地重複道。

沒想到這時，陳諾行卻開口了。

「你錯了。」

「什麼？」佩欣不敢相信自己的耳朵，「我錯了？」

「是的，」陳諾行往前站出了一步，「你錯了……你這是錯誤的正義。」

3

「你說我錯了，到底是什麼意思？」倪佩欣驚訝地問，「難道張俊斌沒有把測驗卷撕毀嗎？難道他不應該受到懲罰嗎？」

「破壞測驗卷的人的確是他。」陳諾行承認道。

「那就對了！」

「但是，他不應該受到懲罰，」諾行補充道，「或者說……我們不應該把一切都歸咎於張俊斌。」

「我不明白，」佩欣喊道，「為什麼不應該歸咎他？」

「我……」陳諾行說着停了下來，咬着嘴唇，似乎無力再說下去了。

但是她必須說，她必須把原因告訴所有人！她必須說！

於是，她第一次鼓起了勇氣，喊了出來：「是的，我們不應該把這一切都歸咎於張俊斌。雖然……雖然他是撕

毀測驗卷的人，但是，責任並不完全在他身上。應該説，所有的人都有責任！」

「所有的人都有責任？」佩欣難以置信地説，「這⋯⋯」

「請讓我説下去！」陳諾行阻止道，「如果我不説下去，可能就會失去勇氣，可能永遠都無法把話説完。是的，王志傑的悲劇之所以發生，責任並不完全在張俊斌，事實上，所有人都有他們自己的責任！如果其餘的三人，陳建倫、賴雪玲和韓光輝，不是把欺負王志傑當成一件尋常事，張俊斌又怎麼會有膽子撕毀測驗卷？如果陳建倫和韓光輝不是有意諷刺他，又怎麼會引起這些誤會？如果賴雪玲能一早表達出自己的個人意見，要求其他組員不要欺負王志傑，結果可能就會完全不同！甚至是佩欣你，如果你當初沒有坐視不理，自顧自清潔課室，而是主動上前勸阻大家吵架的話，這一切可能根本就不會發生！」

在場的人聽後，都愣了。

「這樣説好像是在推卸責任，但這是事實。」陳諾行繼續道，「我作為一個患有類似疾病的人，對王志傑的遭遇可以説是感同身受。自然，那些主動地欺負我們的人很可惡，但與此同時，班裏還存在着那些對我們避之則吉的

人、那些在背後笑話我們的人、那些當我們不存在的人和那些對欺負行為睜一隻眼閉一隻眼的人。雖然這些人沒有直接欺負我們，但卻也在無意中，把我們隔離在他們的羣體之外，讓我們變得越來越孤單、變得越來越不受歡迎。就是因為這樣，那些欺負我們的人，才會更加肆無忌憚！難道那些忽略我們的人，對此就一點責任都沒有嗎？」

　　諾行一番話，說得所有人都垂下了頭，就連倩倩他們三人也不例外。

　　諾行說得對啊。倩倩想，儘管在和陳諾行成為朋友之前，自己並不屬於欺負她的那一小部分人，但對於幫助陳諾行融入班級之中，她又做過什麼呢？她自己也曾經有意地避開陳諾行，想避免和她接觸；而當別的同學在背後笑話陳諾行時，她也沒有去阻止，有時候甚至也會一起取笑她；然後在口頭報告分組時，美寶老師問有沒有人主動讓陳諾行加入，她也無動於衷……

是的，倩倩她從沒有欺負過陳諾行，但這樣就足夠了嗎？要不是陳諾行主動來找她幫忙，她甚至永遠都不會和她說上一句話！

她認為自己沒有欺負別人，但忽略不也就是欺負的一種嗎？

王志傑，正是由於同學們的無視，才會越來越孤獨。別人的欺負只是一個導火線，王志傑在遇到委屈後，沒有任何人能安慰他、鼓勵他，才是導致他崩潰的主要原因。

如果同學們都主動站在他的那一邊，那些人就會意識到，欺負他只是在自討苦吃；如果王志傑知道有很多人愛自己、支持自己，他也不會在測驗卷被撕毀後，隨便就產生輕生的念頭。

所以，陳諾行才會說，使王志傑企圖自殺這個責任，不能完全歸咎在張俊斌身上。

「就是因為這樣，我才一直都不肯把張俊斌的名字說出來。因為，我不能讓他一個人承擔這個罪名！」陳諾行說，「旁觀者遇見這種事，只懂得指責、只懂得漫罵、只懂得宣洩自己的不滿，他們根本就不會仔細想想，其他人是不是也有責任？自己是否也有責任？老實說，即使是我，對此也得負上一部分責任！」

陳諾行的話讓大家吃了一驚。

「可能大家不知道，」她說，「在那一天，張俊斌在撕毀測驗卷之前，其實曾經猶豫了好一會。好幾次，他拿起試卷要撕，但又放下。如果這時候，我有勇氣上前阻止他，那麼這一切，也就不會發生了！但我卻膽小怕事，不敢聲張，結果讓張俊斌做出這個讓他自己也後悔莫及的行為來！」

陳諾行說著，眼淚忍不住流了出來。

「所以，」她突然望向倪佩欣，說，「如果你要把張俊斌的行為告訴所有人的話，請把我的責任也加上去！我也間接地促使這件事的發生！」

倪佩欣聽了她的話，一句話也說不出來。

「也請把我的責任加上，」賴雪玲也把手舉了起來，「我也有份欺負王志傑。」

「也算上我吧。」陳建倫不好意思地說，「那天下午，正是我主動去挑釁他，這全是我的錯。」

「我也是。」韓光輝也舉起了手，「如果我沒記錯的話，班裏最早是我帶頭笑話王志傑的，是我把對王志傑的偏見傳播給其他人。」

倪佩欣望了大家好一會，最後低下了頭。

「是的，大家都有責任，」她流着淚説，「我也一樣有責任……在事件發生前，我從沒有理會和關心過王志傑，就算他被人欺負，我也袖手旁觀。到了他真的出事了，差點自殺身亡，我才以維護正義的姿態要找出犯事者，這實在是太虛偽了！我根本就沒資格……我根本就沒這個資格。」她用力把電腦關上，然後趴在桌子上哭了起來。

「對不起……對不起……」佩欣一邊哭，一邊説，「我竟然因為這種虛偽的正義，不惜去傷害諾行……諾行，我，我對不起你！」

只見陳諾行走上前去，把手放在佩欣的肩頭上。

「那……我們還會是朋友嗎？」陳諾行慢慢地道。

佩欣猛地抬起頭來。

「你……在經歷了這一切後，還要和我做朋友？」她不敢置信地説。

陳諾行擦去眼淚，笑着點了點頭。

「當然。但這一次，請不要再用『向日葵』的身分了，」她説，「我，希望能認識真正的你呢。」

尾聲

不長不短的假期終於完結了，今天是返校的第一天。

說來也巧，這天的第一節課是美寶老師的中文課。上課鈴打響後，大家都一臉愁容的，為即將到來的口頭報告進行最後準備。

噢，對了，今天要做口頭報告呢。

只見美寶老師準時來到課室，站到講台上，興高采烈地說：「各位同學，這個假期過得開不開心？不過，希望大家沒有開心得連口頭報告都忘了做哦。現在，讓我們開始吧！第一組上來報告的是誰？有人主動請纓嗎？請舉手！」

大家聽後，都紛紛嚇得把雙手藏起來。

「好吧，如果沒有人願意的話，我只好點名嘍……」美寶老師的話還沒說完，便看見倩倩舉起了手來，「哦，太好了，就由歐陽小倩那一組開始講吧。」

在同學們的注視下，倩倩、婉瑩、均均和陳諾行一起，走到了講台上。

美寶老師把一支咪高峯交給倩倩。

但出乎所有人的意料之外，倩倩接下來卻把咪高峯遞給陳諾行。

這實在是太難以置信了。眾所周知，陳諾行從來都不是一個喜歡說話的人……不，應該說，班裏大部分人連她的聲音都沒聽過。讓她來做口頭報告的講者？這根本不可能吧？

看見台下的人議論紛紛的樣子，陳諾行小聲地對身旁的倩倩說：「我……我不知道，我真行嗎？我是指，我從沒在這麼多人面前講過話呢！」

倩倩在她耳邊耳語說：

「如果，一會兒你實在說不出話來，我和婉瑩就會馬上替你接過話去，所以不用擔心會尷尬。不過，在另一方面，我相信你一定能辦得到的。還記得那天嗎？你自己證明了，只要你想說，你說多久也沒問題，說多大的聲音也沒問題。所以，儘管放心去試一試吧，就算失敗了，還有我們三個隨時支援着你呢。」

陳諾行望着倩倩，點了點頭。

接着，她便站前一步。

她猶豫了一會，便說：「大……大家好，今天我們

要談論的主題是：論互聯網對我們生活的影響。嗯，接着……我……」

說到這兒，她停了下來，望着手中的講稿發呆。

「我……」看着台下的同學們，她只感到越來越害怕，半分鐘都說不出一句說話來。

婉瑩向前走了半步，但立即就被倩倩阻止了。

「再給她幾秒鐘，」她悄聲說，「我們要給她一個機會……」

只見陳諾行這時閉上了眼睛，深深地吸了一口氣。

接着，她便再次開口了。

「我們的生活，已經缺少不了互聯網。」她說，「無論是聊天、看新聞、交朋友、搜集資料還是買賣商品，很多情況下，我們都會在互聯網上進行……」

陳諾行一直滔滔不絕地說了下去，只見同學們的嘴巴越張越大，有的人差不多連下巴都要掉在桌子上了。他們不敢相信，一個以前連說兩個字都害羞得要緊的女生，怎麼竟然在一個假期之間，產生了那麼大的變化？

這一點，陳諾行自己當然明白——她成長了。每一個人的生命中，都有一道難以跨越的障礙，有的人，畢生都在障礙前徘徊；但是，有的人卻勇敢地踏出第一步，衝過

障礙，終於看見了另一片天地……而她，現在已經成為了勇者之一。

「……所以，在可見的未來，互聯網將會更進一步，成為我們生活中不可分割的一部分。固然，互聯網對我們也有負面影響，例如像之前所說的，會讓很多人沉迷其中；但是，只要掌握好上網時間，拒絕那些不適當的內容，並保持一顆樂觀的心態，我相信互聯網對我們生活的影響，一定會是正面的。」

陳諾行說完後，緊張地望着台下的同學們。

大家都已經被驚呆了，此刻只能像塊木頭般盯着台上的人。

過了好久，陳諾行才像忘了什麼似的，補充道。

「哦……忘了說。我已經報告完畢，謝謝大家。」

她的話剛說畢，大家終於反應過來了，連忙拍起手來。

只聽見台下的掌聲就像雷鳴一般。

陳諾行開懷地笑了。是的，她成功越過了障礙。不過最早的那一步，她其實早就已經踏出了——那就是主動去找倩倩幫忙。由於她敢踏出這一步，她最終也找回了自己，還找到了幾位新的好朋友，也讓身邊的許多人重新反

省自己。

　　也因此，她的生活徹底被改變了。現在，她已經不害怕在別人面前説話。雖然，她可能不會因此而立即獲得很多友誼，不過，這也沒關係，因為在她的背後，已經站着幾個真誠的朋友了。

　　不是嗎？

刑偵三人組 之探案筆記

均均和婉瑩的家中發生了一宗爆竊案！

這個周末兩姐弟和家人一起出外飲茶，剛回到家便發現均均的房間亂糟糟的，彷彿被人翻了個底朝天。不過比較奇怪的是，房間內並沒有什麼大的損失，唯一不見了的，是屬於均均的一個機械人模型。

「那個小偷就僅僅偷了這個東西？」趕來幫忙的倩倩皺着眉頭說，「我想小偷要不是有超級大近視，就是個超級模型粉絲。無論如何，竟敢在我這個大偵探的好朋友家中犯案？這小偷也好大的膽子！」

於是倩倩拿出放大鏡，在房間中四處仔細搜尋蛛絲馬跡。最後她在另一個機械人模型身上發現了一條短短的毛髮，小心翼翼地用鑷子夾了起來，說道：「嗯，這似乎是一條棕色的頭髮，和均均你或者婉瑩的頭髮顏色都不一樣，肯定屬於那個闖空門的小偷。」

「噢！這小偷肯定是我經常光顧的模型店的老板，」均均驚叫道，「他染了一頭棕色的頭髮，而且樣子看起來兇神惡煞的，我早就知道他並非善類⋯⋯」

婉瑩歪着頭，問道：「可是他為什麼要來偷你的模型？那完全不合理啊！」

「可惜我們已經沒有其他的線索了，現在暫時只好循着這個線索追查下去，」倩倩摸着下巴想了想，「如果只有一條頭髮的話，我們唯一能做的，就是進行DNA鑑證測試。」

「DNA？」婉瑩疑惑地問，「這名字我倒是聽不少，但為什麼DNA測試可以幫助我們找出小偷呢？」

「嗯，DNA的中文名稱叫脫氧核糖核酸，」倩倩解釋道，「由DNA所組成的一連串分子就叫做基因組，這是組成我們每個人的基本『編碼』呢！而除了同卵雙胞胎之外，每個人的基因組都有不同的順序。當我把這條頭髮樣本交給實驗室後，他們就會提取出頭髮中的DNA樣本，進行培植和複製，然後利用儀器分離出基因片段。通過分析這些基因片段的排列順序，並和嫌疑人的基因樣本作對比，只要兩者的對比結果相同，那麼就可以肯定這條頭髮是屬於嫌疑人的了。不過，DNA測試需時很久呢，所以我

們最好有漫長等待的準備……」

　　不過沒想到，在倩倩把頭髮通過胡督察寄給警方的實驗室後，才過了一天，報告便被寄了過來。倩倩打開報告一看，便頓時目瞪口呆起來……

　　「怎麼了？」均均婉瑩忙問，「報告上寫了什麼？」

　　只見倩倩一臉啼笑皆非的樣子，說：「這上面只寫了一句話：『倩倩小姐你開什麼玩笑，為什麼把一根貓毛寄給我們做DNA測試？』」

　　這下他們三人才知道，之前偷走均均模型的，原來是隔壁鄰居那隻經常到處遊蕩的棕色胖貓……

刑偵三人組 3

最後上線時間（修訂版）
（前稱：顯示為離線）

作　　者：麥曉帆
繪　　圖：疾風翼
責任編輯：周詩韵
美術設計：李成宇
出　　版：山邊出版社有限公司
　　　　　香港英皇道 499 號北角工業大廈 18 樓
　　　　　電話：(852) 2138 7998
　　　　　傳真：(852) 2597 4003
　　　　　網址：http://www.sunya.com.hk
　　　　　電郵：marketing@sunya.com.hk
發　　行：香港聯合書刊物流有限公司
　　　　　香港新界大埔汀麗路 36 號中華商務印刷大廈 3 字樓
　　　　　電話：(852) 2150 2100
　　　　　傳真：(852) 2407 3062
　　　　　電郵：info@suplogistics.com.hk
印　　刷：中華商務彩色印刷有限公司
　　　　　香港新界大埔汀麗路 36 號
版　　次：二〇一八年九月初版

ISBN: 978-962-923-469-0
© 2012, 2018 Sun Ya Publications (HK) Ltd.
18/F, North Point Industrial Building, 499 King's Road, Hong Kong
Published and printed in Hong Kong